暖心治愈 系列03

全新 摄影+散文集

王臣

畅销书作家

一万个美丽的未来，抵不上一个温暖的 现在

王臣 ⊙ 著

图书在版编目（CIP）数据

一万个美丽的未来，抵不上一个温暖的现在 / 王臣著. -- 北京：文化发展出版社有限公司, 2015.5

ISBN 978-7-5142-1170-2

Ⅰ. ①一… Ⅱ. ①王… Ⅲ. ①随笔－作品集－中国－当代 Ⅳ. ①I267.1
中国版本图书馆CIP数据核字(2015)第064806号

一万个美丽的未来，抵不上一个温暖的现在
作　　者：王　臣

责任编辑：王　彦
特约监制：柳　易
产品经理：冯　晨
特约编辑：董铮铮
装帧设计：罗　鋆（@JUUUN_L）
出版发行：文化发展出版社（北京市翠微路2号　邮编：100036）
网　　址：www.keyin.cn　www.pprint.cn
经　　销：各地新华书店
印　　刷：北京京都六环印刷厂

开　　本：880mm×635mm　1／16
字　　数：172千字
印　　张：15
印　　次：2015年5月第1版　2015年5月第1次印刷
定　　价：35.00元
I S B N：978-7-5142-1170-2

王臣 - 作品

／

2015

目录

序言

只言片语

昼

目 录

序言｜与时光握手言和，与岁月温柔相拥

2006年至今，我独自漂泊八年，住过四个城市：南昌、北京、深圳、成都。之后，我将会去南京定居，大概也要在那里，慢慢迎接我的中年，甚至老年。很多事情，开始的时候总是好容易，要的不过是一个借口、一次冲动，还有一点儿私心。可结束一件事的时候，却总是千回百转，好像有永不枯竭的留恋。

爱情如此。
旅途也是一样。

这八年，与其说是颠沛流离，不如讲是一段或短暂、或漫长的人生旅途。十几二三十岁时，总不愿承认自己是一个恋家的人，恨不能天涯海角走遍，一心只求离家远一点儿、再远一点儿。可是，世界再大，总要回家。八年过去，如今的我甚至连熬夜的精力也已远不如从前。于是，心里总隐约有一些迂回不绝的惆怅。

我开始常常想到年迈的父母。

离家的时候，可以想出一百个理由。可是，走得再远，终要归来。

结束八年的漂泊旅程，对我来说并不容易。但后来，我发现对路途再多的眷恋都抵不过父母殷切的一句想念。我又何尝不会想念他们？生命本身即是束缚。昔日，我对一切羁绊避之不及，贪恋旅途，总以为只得一生，要用力取舍，才能活出自己想要的一辈子。

但现在我不这样以为。

路途是无穷尽的，但人生不是。走得再远，终要归来。世间最美好的事，莫过于一回头，身后有一个家和自己最亲的人。而世间最悲哀的事，大约就是“子欲养而亲不待”了。如今，父母年迈，一日比一日苍老，我实在不知，能够相伴的光阴还剩多少。想一想，我就知道，该回家了。

空巢老人的故事有很多很多，每一个都令人不禁泫然。那么多人，包括昔日的我，总想要觅一刻闲惬时光，旅行、远游，恨不能看遍所有未曾见过的世界。可如今，我却觉得，不如得空了回一趟家，看看爸妈。未知的路途很长很长，未看的风景也有很多很多，但父亲、母亲，世上只有一个。

每个人都有自己的人生和选择，没有人有资格去评判或干涉。我所说的也不过是我自己的生之取舍。这本书，几乎是我八年旅途的积累和浓缩，是这一段人生的观照和回溯。有散文和小说两个部分，分别题为“昼”与“夜”：收录的散文皆是信笔芹曝之作；几个短篇小说亦是实验性的。它们都是这些年未肯示于读者的作品，而今愿意结集出版，算是给这些年的一个交代。

不为诉求，只为纪念。
纪念这八年的路和未来崭新的生活。

亲爱的，
你要温暖，
无论世界多冷漠。

王臣
二〇一四年十月

昼
/
只 言 片 语

之一 / 相见

/ 致，成都

我在成都独居。有两只狗，一大一小，都是母狗。那天，熬夜工作到凌晨。工作完成之后，再无睡意，便开始补上落下的美剧。一看就看到了早晨。大概七八点的时候，我刚喝完这一夜来的第四杯咖啡，忽然感觉到周身一阵剧烈的震动。

下意识地抬眼看了看卧室晃动的吊灯，便反应过来遭遇了地震。初次经历，反应倒算迅速。刹那间，我便“噌”的一下从椅子上跳起，赤脚往外跑。彼时，小狗正趴在床边的地板上睡觉，大狗已经在客厅睡得四仰八叉。我顺手抓起小的，然后一边跑一边大声吼叫大狗的名字。

打开大门之后我直冲出去，赶在我前头的，只有一对赤裸身体的中年夫妻。冲到他们以为的安全地带之后，回头再看，人群才陆续涌过来。其时，大狗初当母亲，家里阳台的笼中还有五只幼崽。但我实在无法照顾周全了，便自私地只带出了两条成年狗。

遭遇一场七级地震。

好在离震中还有一段距离。出门安定之后，我才意识到手机没有拿出来。周边的人已炸锅，沸沸扬扬的。我忽然想到对面门栋的25层住着好友Y先生。周旋再三跟身边人借来电话之后，却又惊觉自己不记得好友的电话号码。闹剧一般，只能作罢。

大约十多分钟之后，小区居民几乎都已在避震公园聚集。我带着两只狗坐在公园的花坛边，一直等到中午。彼时，身边坐着一家三口。女儿很胖，戴着一副眼镜，手里翻着一本漫画书。很是淡静。他们都是成都本地人，地震的事情也是再三经历过的。也都很坦然。

那父亲说，要不是孩子在家，他跟妻子也就不出来了。断不敢妄言与大地震灾区的灾民感同身受之类虚伪的话，但听到那父亲说“小震不用跑，大震跑不掉”的时候，我心里还是一阵惘然。

成都震感虽然强烈，但也没有大碍。只是，震中地区就是另一番凄然的景象了。昔日，看张翎的小说《余震》的时候，有一句击中了我的心：“人们倒下去的方式，都是大同小异的。可是天灾过去之后，每一个人站起来的方式，却是千姿百态。”

来成都之前，常听闻成都宜居，生活节奏缓慢。慢生活，不就是我一直想要的吗？所以，当时我不管不顾地从深圳搬到了成都。初到成都，似少年一般到处游逛，对这座城市怀揣着急切的好奇之心，恨不能走遍每一条街，恨不能路过每一个巷口。

后来，我发现，成都大大小小的公园里，从清晨到傍晚，只要日光还在，总会有人喝茶、聊天、打麻将。就那样一张老旧的桌子和几把椅子，几个人，安安静静，度过一段闲惬的时光。而这时光，在我看来分外珍贵。令人嫉妒的是，这就是他们的日常。

是他们的寻常岁月。
是他们的平淡日子。

大抵，成都人骨子里都有一种参透人生一般的平常心。淡定是天生的心性，不争夺、不浮躁、不纠缠。更可贵的是，他们在拥有这样一份娴静的心意之余，依然那么热烈地活着，而生活又从来都不是平顺的。世间最了不起的，就是知晓生活的残酷真相之后，依然热爱它。

因此，地震之后，坐在公园的花坛边，我抱着两只狗惴惴不安的时候，他们有人在看报纸，有人在听音乐，有人在公园晨练，有人在说“晚上八点半的电影一定不能错过”。仿佛岁月不惊，天地无恙。一颗心，寂静如初。

岁月不惊，天地无恙。
一颗心，寂静如初。

是他们的寻常岁月。
是他们的平淡日子。

/ 成人病

他订的是一月底的机票回家过年。每年至少回家一次，多则两三次。因为工作性质的缘故，时间比较自由，春节总要在家里待上至少二十天，平日回家看望父母，也会待上一周左右。虽然陪伴父母的时间不算多，但比上不足比下有余，也算安慰。

毕业之后，他一直居无定所：初在上海，也去过香港，现暂居北京。从北京飞往杭州，再转巴士回老家，大约三四个小时。老家所在的地级市很小，小到随时走在大街上都会碰见熟客、亲友。

经年不见，难免寒暄。但恼人的是，诸位开口聊上的皆是跟去年、前年相差无几的内容：你有恋爱对象了吗？混得怎么样？收入多不多？买房没有？以后有什么打算？当然，他会一一老实回答。只是，不免会想：彼此未见已是这么久，难得小聚，本可以一起吃饭、喝酒、玩乐，温故旧日感情，如果昔日相处得还不错的话。

但他后来发现，对他的私事甚有兴趣的，多半都是泛泛之交，旧日相处愉快的好友大多都懂得给彼此留下空间。都知道，一年难得几回聚，时间不多，也都更愿意花在愉悦的事情上。因为大家知道，这些事，多半顺心顺意的少，何必自寻烦恼。

好奇害死猫。于是，改日再碰见毫无创意只热衷谈论彼此私事的那几位，都绕道而行。其实呢，别的问题都还好，一问到感情的事，他多半都是谎话连篇。至于别的事，原先他还是真的会好坦诚地回答，到后来，也就都统一答案敷衍过去，就四个字——马马虎虎。

父母一般不会询问别的，只叮嘱他“好好照顾自己”之类殷切的话。当然，工作和收入方面的问题，他向来对父母非常坦诚。父母对他的大多数事也都了如指掌。只是，临走之前，必定会用一整晚的时间来跟他讨论男婚女嫁的问题。而他的感情生活，又实在是个难题，不知从何讲起。

他是个私心很重的人，对不打紧的人向来不太在意。人的精力是有限的，周全这件事，是个无底洞。所以，干脆也就不在乎甲乙丙丁怎么看待自己了。唯独父母，他太在意他们这方面的感受。大部分的父母都是很传统的人，他的父母也不例外。

他的母亲很在意他。家里有长姐，也已结婚生子，生的是个男孩。他的母亲很高兴，但还不满足。她依然盼望他能早些娶妻，也生个孩子。最要命的是，她会威胁他。譬如，拿自己日渐苍老的年纪当由头，说生怕自己有生之年抱不到孙子。

一听到这句话，他必哑然。

又真心的，好惶恐。虽母亲讲这句话，目的明确，但又实在不是不认真的。她年近六旬，也该是儿孙满堂的时候了。可是，他真的没有办法，跟她来开诚布公，说一说自己的感情真相，说一说埋藏在心底许久的心里话。

因为，他知道自己是没有这个权利给她增添额外的负担和伤害的。他也实在茫然，进退都是错。这几年，都是硬着头皮谎话连篇地瞒天过海。但是，纸包不住火，早晚都是要露馅儿的。

所以，有时候，他会异想天开。想着，哪一日父母豁然开朗，把爱他的本质深化一些，比如“只要我儿子过得开心，我们这一辈子也就值了”。只是，彼此都是凡夫俗子，谁会没有私心呢。将子女养大成人，总是难免会想着——他们要变成父母希望的样子，而不仅仅是他们自己想要的样子。

他又实在还没有足够的智慧，能够影响父母的思维和虑事角度。而他自己本身，在心底多半也早已屈服。而今的强撑，也顶多只是苟延残喘，为自己的私心争取多一点儿的时间。

因此，他知道，很可能，哪一日，他也便顺从了他们的意思，急迫地完成这件事——娶妻生子。将来唯一可掌控的，也就是自己的子女，想着无论他们将来从事什么行业，爱上什么样的人，想要过什么样的生活，只要不违法，讲道德，过得幸福，一切都是最好的。

行李尚未收拾，未来也不成样子。

岁月无几，不想与君论嫁娶。但日子总要过，只能盼着，将来的某一日，父母忽然洞悉爱之真相，跟他心意相通，有了默契，能够成全他，也成全为人父母的自己，成全彼此的未来原本可以过得更好的那个样子。

（发表于《北京青年周刊》）

行李尚未收拾，未来也不成样子。

成全彼此的未来原本可以过得更好的那个样子。

/ 破碎之花

1987年，《倩女幽魂》上映之时，他还未出生。

2003年，《异度空间》未及去看，你却已不在。

你主演的电影依然在播，都是经典。时有人提及你，无人能忘。至于那一年那一日的那清越一纵身，却是无人再说。也不知是刻意回避，还是总以为你理应就还在，就在那个你与他缱绻的小屋里，筹划着未来。

周身热爱你的人太多，于是，与朋友谈论你时，我便因此心中胆怯。生怕说错话招人怨怒。对你的爱，多过很多人，大约也是不及更多人。不是那爱不够，只是旁人的爱，有减有增，而我的，不增不减，从未改变。

你是《胭脂扣》里的十二少，是纨绔的少年，是深情的公子。幼年看时，体味不出别意，只觉如花可怜你可恨。后来方知，不是如此。其实爱情与生命原本即是不同层次的两件事，不能为她死，不是不爱她，只是你更爱自己。这并没有错。后来爷爷与外婆相继去世，生命无常与爱情一致。十二少未殉情，但亦终会老死，结局无差。

你是《倩女幽魂》里的宁采臣。算是生死恋。那时候我热爱王祖贤多过热爱你。我总想，若我是你，那该多好。冷艳入心的女鬼在现实里亦不过只是爱里奔命的苦情女子，再嚣艳的笑，也不过只是电影里的沉淀，与她本身无关。因此，我知道，宁采臣也是这样好看。

你是《阿飞正传》里的阿飞。就是那样一副亦正亦邪的美丽面容，让你在众女子间穿梭流连，不为任何人驻足半分，也无人苛责你。彼时，我也以为，你大约也是这般风流的吧。却亦不知缘何，竟对我有了喜欢。是否是因自己也渐渐长成了一只无脚鸟的模样？无人知。

你是《霸王别姬》里的程蝶衣。开始有人用风华绝代来形容你。原来，男人可以这样妖娆这样妩媚。段小楼不能心动，但我可以。不疯魔，不成活。他第一次梦到你。

你是《东邪西毒》里的欧阳锋。你说：“很多年之后，我有个绰号叫作西毒。任何人都可以变得狠毒，只要你尝试过什么叫忌妒，我不会介意他人怎样看我，我只不过不想别人比我更开心。”我反反复复地看

着有你的镜头。侧脸。正面。长发。眉眼。原来从这时起，你内心已孤绝至此。是有无法抵抗的寂寞吧。

你是《春光乍泄》里的何宝荣。你总对黎耀辉说："让我们重新开始吧。"只是，你纵身一跃时，却是彻底放弃了。那一年，我在读高中。我不知道，你无声无息早已渗入我的生命中。后来，我果真爱上了某个人。竟总在想，也要带那人去阿根廷看瀑布，去那个叫作USHUAIA的地方看灯塔。

你离开之后，我总觉得再没有人比你好看。起初，那好看落在我眼中是俊朗；后来觉得，是美。那么美。"倾城"一词用在你身上亦是不为过的。即便你真就不在了，那令人唏嘘纵身一跃之后，依旧是灿若胭桃地活在众多人的记忆当中，是真的未曾淡去半分。

这一生，能够活成如你这般模样的人。

大概是再也不会有了。

/ 孤独患者

陈奕迅有首歌叫作《孤独患者》。

他离开之前，对她说。

认识她之前，他从未觉得自己孤独。感情循序，先后与各色女子相识、相恋、相爱，再相离。生活稳定。偶尔欢，偶尔伤，偶尔喜出望外，偶尔落魄失魂。虽平常至略带麻木，但这种生活至少不曾颠簸他的心。他是平安的，静稳的，不受人情事物支配的。甚至是自由的。

二十三岁那年，遇到她。她年长他九岁。彼此初次相识，不过只有三言两语的机会，也不曾想到日后彼此之间会有更深的牵系。但这世间情之牵绊并不总在跌宕热烈中生发、进行。最深刻的，极有可能是在一些平常琐碎却连绵不绝的日常生活里纠缠。

他与她自那一面之后，许久未见。只通过网络、电话保持联系。其实，他与她都不是热爱倾谈的人。但大约是在意外跌入某一个相同频率时，彼此不小心向对方泄露了什么，与内心深处潜滋暗长却不常被知觉的什么。于是，便有了更多的话。

也不经意便窃取了彼此更多的时间、空间。

和内心的挂念。

两个月后，她开始退守。她是阅历丰富并且小心翼翼的女子。之于她，他大约便是她走马观花的偶然情动。是只能当作美好回忆，需要适可而止的。是她生命里历经的形形色色的男子当中的一个，或略有特殊情意，但总是有限的。他是无法攻破这一个历练数十年后的顽固生命的。

倒是他，果真如她所说，单纯尚有。可予她温柔和阳光，好知道这生活其实尚存风险之希望。让她知道，这世间，尚有纯粹之爱欢，与世间浊物皆不相关的那一种爱。于是，彼此之间这近百日的温柔勾连，看过去，真是极美好。

只是她说，她是千疮百孔的女子，早无信仰，哪里还可以再有勇气去进行一场温柔冒险。已不似他，尚有一颗明净的心。

所以，温柔有时，冷漠有时。

她说，该结束了。

她是孤独得太久了，久到那孤独已成为她的习惯，如饭食、饮水，久到不能离开。久到，她以为，这世间不孤独的，才是虚空的，无望的，终将会破碎毁灭的。她热爱陈奕迅的歌，热爱他唱“不谈寂寞，我们就快活”。她终究变成一个悲伤绝望、不辨幻实的女子。

她说，你经历的心碎还那么少。
所以，你看上去是那么那么好。

她以为她多出的那九年的岁月奔迁，是造就彼此而今悲喜两异的模样的根本。可是，她不知道她热爱的陈奕迅新唱了一首《孤独患者》，不知道陈奕迅代他唱了一句“我不唱声嘶力竭的情歌，不表示没有心碎的时刻”。她更不知道，他本不识孤独，却爱了她。他将温柔带给她，她用孤独回赠他。

谁是谁的孤独患者。
谁将谁的寂寞免赦。

陈奕迅有首歌叫作《孤独患者》。
他离开之前，最后一次对她说。

（发表于《风尚志》）

/ 巨人，少女

友人C是名女作家。

中戏的研究生，身高超过一米八。没错，她是一名身高超过一米八的女作家。与她相识，已有六七年的时间。至于，当时我们是通过什么渠道相识已经想不起。我们甚至为此花了一整晚的时间回忆、争辩，但总不能说服彼此。仿佛认识了几生几世几辈子一般，很多事难以从头细说。

遗憾的是，我们一直未曾相见。

直到去年夏天，我去北京谈工作，才初次见面。C在中戏读书，于是我们约在了南锣鼓巷。那个下午阳光很好，中戏校园面积不大，但我们却走了许久、讲了很多。她一直说我的胡子、声音、神态像极了谁谁。而我呢，却很小气地一直陷在身高落差的坏心情里不能自拔。

她十分年轻，年轻得让我羞愧。她有才华，受到很好的教育，并且勤奋。于是，她也时常会令我觉得自己在将时光无度荒废。但，她有些天真。她始终以一个极为顽固的姿态坚守着初梦。似乎真就打算如此义无反顾奔至“尽头”。

而今，我尚能与之做伴，却惶恐，在这个理想岌岌可危的空虚年代，自己会不会在未来某个时刻，放缓脚步，停滞不前，然后转身，消失不见。将她独自留在那空阔漫长的荒凉路途之上。念及此，心中不禁对她疼惜。

她是一个身体里住着小巨人的少女。每次与她说话，她总会不经意间流露出一种执拗，并充满力量。她与我谈写作、谈音乐、谈电影，自然包括她心之所依的文学理想。是的，说到底，她与身边其他写作的男生女生最大的不同仍旧在此。

她不为潮流写作，不为话题写作，她只为自己心中持重的信念写作。她始终知道自己要什么，即便困阻不断，也不能妨碍。“理想”二字在她单薄稚嫩的身体上变得比在其他看似郑重冠冕堂皇的地方要珍贵得多。写作是一条无尽长路。孤独，辛苦。

她或许微有倦意，但一定快乐。

/ 创可贴

这个下午，手上掉了一块肉。

连创可贴都被血迹渗透。

但不动它，倒也不是很痛。就像有些往事，摆在记忆深处，便会相安无事，一提起，总是劳心又伤神。可要是真的遗忘了，又总还是遗憾的。倒不如，一次都翻出来，写在纸上，做个备忘。纵是来日忘得一干二净，与之相绝，终归还是留有余地的。

也算是周全了。

近日，友人S的散文集出版，也恰逢我年少时候一本“矫揉造作”的散文集再版。他比我有耐心，是在一个真正越过了年少时光又刚好记忆尚鲜的年纪来写的这样一本书。不像我，一身稚气又假装成熟的时候，写了几笔为赋新词强说愁的文章，生怕自己忘掉年少的一丝一毫。

而今，我依然热爱自己当初的矫情，毕竟那一份矫情十分真挚，做作但并不虚伪。十八岁怀旧，不嫌早；八十岁怀旧，也并不老。每个人都应该有一颗念旧的心，才好。写这篇文章的时候，身边的几只狗忽然停止了吼叫，一一顺服地在床上或地板上睡倒。

S的文章写得都很好，但总让我想说点儿什么的，还是他写父亲的那一篇。大约是我与他年少的经历，有共通的地方，而男孩与父亲的关系，又总是那么微妙。

幼年见惯了父母撕心裂肺的争吵。每一次，他们都恨不能用尽世上最恶毒的语言来诅咒对方，恨不能对方去死。可是，去年春节的时候，母亲心脏突然有些不好，姐姐不在，我也不在，只有父亲一人。他第一次感到绝望。也是第一次当着我与姐姐的面，哭得像个少年。

也是年纪渐渐大些，我才觉得自己开始懂他。懂他的蛮狠、凶悍，也开始知道一些他惯于隐藏和掩饰的脆弱、无助。而他的衰老也逐渐带走了他盛年时候的戾气，连同我少不更事的时候对他仿佛要与日俱增的恨意。

现在，我常常会想的是：他们再如何争吵，只要一家人在一起就好。可又分明记得小时候，每每见到他们歇斯底里的时候，总是盼着他们赶紧离婚才好。可是，离了婚又怎样呢？有些东西是无论如何也永远无法改变的。用S的话说，“他与母亲，终究是我在这个苍茫的人世间，最亲近的人。”

手上的创可贴弄脏了。

该去换了。

喜欢你是寂静的

凌晨，
夜已深，
我依然开着一盏灯。

寂寞，
那么沉，
就像爱你那样心疼。

你和他牵手走过。
我假装爱得不多。

喜欢你是寂静的。
哪怕你永远，
都不是属于我的。

喜欢你是寂静的。
只要你快乐，
我就不是孤独的。

伤感的花

天气有点儿凉，
心里有点儿慌。
因为爱上你，
岁月变癫狂。

恋爱时，
你耀武扬威，
我喜怒无常。

分开时，
你英姿飒爽，
我独自疗伤。

所有的伤害，
我都假装遗忘。
所有的背叛，
我都努力原谅。

但这一切都在背离真相。
没有说出口的才是最大的愿望。

枪与玫瑰

一枪崩掉回忆，崩掉过去里的你。

一枪崩掉分离，崩掉不能长久的可能性。

一枪崩掉背叛，崩掉冷酷的心。

一枪崩掉谎言，崩掉变质了的爱意。

一枪崩掉戾气，崩掉占有欲。

一枪崩掉期许，崩掉面对孤独的恐惧。

一枪崩掉承诺，崩掉难以兑现的至死不渝。

最后一颗子弹，留给自己和初见你时写的日记。

金牛座有一种无可救药的病

他白天是一个人。
对爱情漫不经心。
对恋人满不在意。

他晚上是另一个人。
因梦到她离开，伤心欲绝。
因梦到她移情，痛不欲生。

但也只有在梦里，
他才能放下防备，
看得到自己的心。

负能量

狗在吵，猫在叫，
迷路的灵魂鬼哭狼嚎。
那人已走，心还在跳，
忘不了的悲喜挖个坑埋掉。

看似摆脱不了的感情，
其实根本不堪一击。

活在过去里的都是傻子，
活在未来里的也不聪明。

可是，活在当下，
假装磊落潇洒，
又谈何容易。

起码，
要从提升演技学起，
比如分手的时候，
不比谁伤心，要比谁无情。

哪怕，转身再哭泣。

你说了一万次让我毫无保留地去爱你

在一起时，
山盟海誓，
努力伪装自己，
只想彼此保持最好的样子。

分开之后，
撕心裂肺，
立刻暴露本性，
恨不能对方立刻消失老去。

人只有在失去一切，
没有退路之时，
才敢把内心所有的邪恶，
都掏出来给世界看。

也只有在这个时候，
才能做到所谓，
真正毫无保留地，
来面对彼此。

真正的毫无保留，
远没有你想象得那么美。

爱是

爱是，回忆里，支离破碎的片段。
伤过的人会痛，懂的人会懂。

爱是，岁月里，深奥难解的谜题。
我从没有看透，如你般朦胧。

爱是，幻觉里，永垂不朽的抚摸。
像风那么温柔，像泪在水中。

爱是，一开始，我们说好的。
爱是，到最后，我们都哭了。

之二 / 相识

/ 暗伤

那日下午，他用胳膊撑住下巴，伏在窗前的写字桌上。视线落在窗外。院里的那两株香樟已经是成荫成翳。这个夏日午后，时间仿佛放慢节奏。慢到他可以看见风过时香樟叶片上掉落下的细屑尘土，沿着温柔的曲线，坠向院落里的褐黄土地。此刻，他那松软的意识漏洞百出。

他再一次想起那人。

爱那人已多年。为那人选择，为那人放弃。为那人生，为那人死。但这所有始终都只是他一个人的事。与旁人无关。他不能贪求、索取，自是永无所得。他深知，他是不能与那人在一起的。谁都没有错。

他身后的旅行包里装着一本王尔德的《快乐王子》。很旧，书页已经开始泛黄，是很老的版本。每次旅行之前，他总要将它装进那个大红色的双肩包里。虽然，他并不一定会去反复阅读它。可是只有带着它，他才会心安。因为，这本书是那人送给他唯一的礼物。

音响里播放着雷光夏的《黑暗之光》。“海靠近我，空气湿了。黑暗温柔，凝视着我。繁星亮起，回忆浮动。曾经存在，如今隐没。该不是我的心，还在小声唱着。该不是这场雨，一直都还没停。该不是我的心，还在思索结局。该不是这场梦，是谁还在继续。”他不自知地跟着哼唱起来。这也是那人最爱的歌。他单曲循环，听得不知厌倦。

日落时分。他缓缓起身，关掉音响，拎起那个大红色的旅行包。走到门口的时候他止住脚步，回头打量了整个屋子。那深情款款的眼神里仿佛会掉出泪来。他微微一笑，然后转过身关上了门。他将离开这里。

离开这间屋子。

离开这座城市。

/ 烟话

烟。

是一种温柔，是一种伤害。
是一种寄托，是一种孤独。
是一种期待，是一种无奈。

一直劝父亲戒烟。到底是未曾懂他。男人不抽烟，大约只是未到伤心凄绝时。其实，本就不是所有人都想以之为习惯。但是没有办法。总是有那么一刻，男人硬朗的身体里也会出现裂缝，变得脆弱、敏感、寂寞，缺乏安全感，甚至顾影自怜。

并且，有一种人，是天生便会抽烟、终究无法与之避开的。比如，他。写作的时候，在抽烟。与狗说话的时候，在抽烟。听音乐的时候，在抽烟。思考的时候，在抽烟。孤独的时候，在抽烟。无所事事的时候，依然在抽烟。

/ 徒劳

他时常从她教室的门口路过，将脚步放缓，身体连同时间一起在他的微幻意识当中轻慢过场。她坐在第三排南边靠窗的位置。微微前倾身体，光洁的额头在秀丽的刘海之下若隐若现，如同一座沉寂雍容的山。睫毛，鼻梁，唇线，耳廓。甚至，细胞间的褶皱都仿佛能被人窥得清楚。

那日，他又一次保持安全的间隔尾随她走了一段很长的路。从二楼的教室往下左拐，走过一条由葱郁的香樟树排列出的马路。然后出校门。后来，人渐稀少，他便加速朝她走去，只为与她有一次擦身而过。这个世界上不会有人知道。不会有人知道，他竟曾如此地靠近过她。有那么一刻。

炽烈的日光灼热他黑亮的发丝。他的额头开始渗出饱满晶莹滚圆的汗珠。凝集，越来越沉，然后缀出一道狭长的形状，淌出一条轨迹。沿着他的鼻梁，人中，唇上的褶皱，最后在皮肤里散开，倏忽一刹淌进他的胸口里。

他确定她专心致志地与身边友人谈话，便小心又小心地，缓缓侧目看了她一眼。他深知自己的身体里积存下的力量日益厚重，蓄势待发。他那么深刻地感觉到自己的皮囊之下正有一枚蕴藏着无限能量的小宇宙的核愈发地茁壮。

恍惚之中，他似能洞穿时间看见未来，仿佛自己赤膊着身体跃到她的面前完全抵挡住了身后的黑暗之光。为她，淌出血，耗尽气。为她毁灭成不朽。他顾自酝酿着，这幻觉。

他精心蓄谋却似不经意的这一次擦身，让他听到了她对王菲的热烈赞美。她说，王菲的每一支歌都令她听得执迷不悔，又清冷又华贵，又喧嚣又寂寥。于是，他便将她说出的每一个字都在脑子里整齐地码好，直至码成一座座巍峨壮丽的城堡。她的每一句话，都是他的一座城。他以此为荣。

后来，他就开始筹谋，将要做的事，写满一张纸，写成一份严谨有条的计划书。如同书写一封情书一般热忱，饱蘸光阴的纯真之毒。他开始搜集王菲的海报，照片，签名。他搜集王菲的广告，电影，音乐专辑。并且做了最完整最精致的新闻剪报。

每一件事，在他看来都如同一件需要倾付灵力的艺术品。每一道程序，他都小心翼翼、倾力倾心。他将所有的生活费都用在旁人嗤之以鼻的事件里。无碍。他依旧始终持守着这一份珍贵的独自一人的无怨无悔的纯真爱情。

一天。一周。一个月。一年之后。他终于将所有的收藏一一码放在那个父亲从国外带回来的有大朵蟹爪菊图案的精致的储物纸箱里，决定送给她。他将纸箱用深蓝色的胶带密封好，他知道那是她喜欢的颜色。他抱着纸箱出了门，去往邮局。胸口十分沉重，但他快乐。

那快乐，似是心底有雏菊垂落。缠绵的温热，从他胸部的皮肤向外渗出，渗进胸前的纸盒里，他也要将它们一并寄给她。转身离开的那一刻，他仿佛听到她在收到礼物时对他说着大段大段感人肺腑的话。她笑，他也笑。笑出声来。

后来，他才知道，她的兴致早已从王菲的身上转移开去。她现在爱听的是Rihanna，喜欢的是红色。她也从来没有因此记住有关于他的什么，甚至，他寄给她的东西，她从来也没有收到。从来没有。一切，都不过只是幻觉，徒劳而已。所有年少的迷恋和痴爱。

那快乐，似是心底有雏菊垂落。

每一件事，
在他看来都如同一件需要倾付灵力的艺术品。

/ 无声

深夜，城市重新浮躁起来。艳丽女子穿梭在石头森林，西装男人神情肃穆地钻进豪华车身。拥挤。喧嚣。匆急。盲目。混乱。麻木。纠缠不休。暧昧流转。光怪陆离。车水马龙的大街上，他显得那么不伦不类。时光划破城市的脸，留下不能复原的伤疤。

这一次，他终于觉得疲惫。他听那人说过，要是累了，就好好休息，不要逞强。那么，他觉得累了，他知道他要听那人的话，去休息，不逞强。于是，他在走。他选择在这切幕的瞬间逃离那个聒噪的城市。背着包，他走在去往火车站的路上。

他始终微低着头，轻柔的刘海在他的眉目上浮动。他依然如同第一次来到这个城市的时候，背着那个鲜红的旅行包。穿着那发白的牛仔裤和洗旧了的白色T恤，领口已经有一些细细的褶皱。他将手插在牛仔裤的口袋里，脸上的神情是沉静的。

如若初见。

他没有选择公交、出租车或者地铁。他整整步行了两个小时，到火车站的时候是19点30分。他知道自己将离开这个城市，也许是永远。于是他尽可能让自己在这最后的时间里多看看这个城市。即便他从未觉得自己融入了进去，但也从未厌倦它。但是他必须离开。他别无选择。虽然他舍不得。

他坐在候车室里一动不动。仿佛失明失聪哑了嘴巴。他的意识突然之间断裂出一道深灰的沟壑，探不到底。候车室里的空调温度很低，他从包里翻出一件崭新的白衬衣，套在了身上。这是他没有送出去的计划送给他的生日礼物。

再过一个小时。广播里的女声说，去往××的火车开始检票。他知道，他的时间到了，他在这个城市的时间到了。他也知道，他大概是没有办法再将这件衣服送给那人了。

20点20分，火车开动。9车厢19号，他坐在靠窗的位置，用手撑住下巴，将头抵在玻璃上。手机开始发出声响，是《孽子》里的那一曲《杨柳》。他再也没能忍得住。满面泪流。手机响了又响，他没有去接。在将要按下关机键的那一刹那，那人发来了短信。

问他：你在哪儿？

/ 勇敢

那晚在北京的地铁里，人竟不多。他在等人。彼时，他正在一旁看书用以打发时间。忽然，他听到车轨对面有哭声。那声音，起先是杳渺的，然后迅速逼近。再后来，不过刹那时间，便兀自痛了起来，真切了起来。甚至盖过了人群的熙攘声、列车进站的轰隆声。

当两趟进站列车再次朝相反方向驶去之后，他抬起头，越过两道车轨，看见了她。褐色T恤配牛仔裤，一束马尾扎在脑后。是一个简单干净的平凡女孩。

她一边哭一边对着手机说话。听声音，是四川、重庆那边的姑娘。不知那头的人说了什么话来伤害她，她原本趋于稳定的情绪突然间再次彻底崩溃，恸哭起来。且不管不顾，对着手机歇斯底里地叫出声音来。

因为持续的时间不短，所以固定会有密集的人群上车下车。陆续从她的面前经过，并投来各种目光，伴着流言。但她如在无人之境。除了那爱，一切之于她都是不值一提的。她不是要哭给任何人看，却不介意任何人来看。她只是要将内心的撕裂之痛彻底地表达。其他的，已经无足轻重，毫不重要。

看得出来，她这一次，用情很深。庆幸的是，她的身旁一直有一名女友相伴。至少，她转过身，就有人拥抱。其实，一段感情的发生和结束都是命定的，自有其因循的轨迹在。没有办法继续在一起，也只是缘不及情深，也不用遗憾。没有人不想相守无欺，只是世味太薄，于是人心不温。

没有谁离不开谁。也绝不会因为丢了谁就断了活路。一个转身，依然是康庄大道。路旁是葱翠大树、繁艳鲜花，前途亦有良人。重要的是，忠于生命，忠于自己。不被任何人牵制，不被任何爱胁迫。若无退路，及时抽身，勇敢果决，才能有不后悔的一生。

女孩，不哭。他说。

/ 纸条

亲爱的，你好：

人与人之间的相处，犹如一趟旅途、一场跋涉。感情的积累总是伴随着争执、误解，甚至诋毁。你很好，是他一直未曾放下心中的执念。对待一些事情，会因偏执、盲目变得简单而粗暴，并且，会丧失所有的理智和温柔。正如他成长的路途之上所发生过的那些感情，每一段都异常坎坷。但终究能够殊途同归，平安如初。愿你，也是如此。

你所有的付出、努力他都铭记在心。所有的争执、误解，他也将记得清楚，以此告诫自己将来有所规避。他想，经过这一回，你们的交往，也将迎来一个敞亮的局面。一切都被惦在他心，静默观望。一

切的爱都沉默在心，无法再诉。一切都是因缘和合的结果。

亲爱的，再见。

/ 车站

他在火车上。在离开她的路上。

路遇的风景，再美，亦是苍凉。

20:00。长江。滔滔江水深处尽是溺死的过去和现在。

21:00。平原。那绿，仿佛要渗出汁水来。

22:00。瓦房。破旧报纸糊起的窗户里探出一张明亮的脸。

23:00。黑暗隧道。火车飞速前行，擦伤了他的回忆。

00:00。列车停靠在一个荒废小站。开始有两三乘客背起挎包下车透气，他亦觉得胸腔不适。然后，他将背包随意地丢在座位上跑下车。下了车。他总是肆意对人赋予信任。小站十分偏僻，静得离奇，仿佛能听见空气掠过皮肤的声音。十分清脆，像挑逗，像勾引。

他沿着小站奔跑。小站很长。他从车头跑向车尾，再返回。他注意到车窗边的人都向他投来目光，他第一次如此心诚地接受别人的各色目光，什么都不去想。他在进行一场自娱自乐的表演。心中快乐，所以甘愿。

火车停靠有半个小时，他一直不停息地来回奔跑。汗流浃背。他想起《重庆森林》里失恋之后去拼命跑步的何志武。他记得他说：“因为跑步可以将自己身体里面的水分蒸发掉，而让我不那么容易流泪，我怎么可以流泪呢？”是的，他怎么可以又被这突如其来的情绪影响到？他要更加卖力。

因为他一不小心。

又一次想起了她。

/ 别离

十八岁离家，已经四年有余。因骨子里有一种独自的天性在，于是不自觉，他便日渐将所有感情收束，置于暗处，不轻易示人，并成为一种习惯。旁人所见的都是他不以为然的。真正会伤筋动骨的感情，他定然会小心翼翼隐藏于内心深处。于是，他变得孤傲、冷漠，狂放不羁。

他以为，是为男子，理应冷静沉着，稳重待人处事。感情是羁绊，一触及，便难以收定。它本身即是多变的，不安的，波折的，不可预测的。充满危险。对待感情的态度，始终认真，甚至虔诚，只是他知道自己不是一个擅长处理感情事的人。而今，他选择的方式十分褊狭，但却安全。无对无错，这是他的选择。

每次离家时分，他总是不安。因他知道母亲是个性情细懦的人，对他感情至深，会不舍。见到母亲帮他收拾行李，表情惆怅，便知道母亲是在伤心。他一再从她身边离去，且每一次去往的地方都更远。他终有一天是要离开她的吧。即便他不愿，一切的生命时辰也都是有限的。他也无法。

这次，她依然来送他，在去往车站的车上彼此一言不发。抵达车站之后，他去买票，她便看顾着他的行李，朝他的方向张望。那目光已不如他少年时清澈有神，他见她眯眼看他时是那般用力，心里便疼痛难忍。她竟已这般苍老。却依然如他初次离家时那般，在他拖着行李离开时表情微微扭曲，然后转身落泪。

他与母亲之间的感情羁绊是天然不可断的。只会愈浓愈烈，径自往最深处奔赴。别无他路。一切情喜情悲的真意外露都是残忍的。他不知如何是好，难以应对。纵内心情烈意浓，也是无言表达。他知道，一年里，大约也只有母亲才能令他内心惆怅，甚至心酸。

感情是汪洋大海。人心柔软，注定一世将为感情所累。各种感情。因之喜，因之悲。因之欢，因之伤。因之寂静，因之喧嚣。因之离合，因之散聚。他相信，世间所有相遇都是久别重逢，世间所有别离都是再见有期。

那年深夜。

在去往北京的列车上，他写下以上的话。

心中快乐，所以甘愿。

路遇的风景，再美，亦是苍凉。

之三 / 相知

/ 与写作有关的一些话

1

我常在想，是什么契机让我开始写作。后来，我发现，很多时候，一个人要做什么、能做得好什么，是一件很宿命的事情，是冥冥之中注定了的。在成为一个作家之前，有关未来，我曾设想种种，比如当一名记者或是主播。但因为性情不够活跃的缘故，总更热衷于独自做点儿什么事。因此，也就显得有点儿孤独，但正是这种孤独，让我开始了写作。

也是因为这种独自一人的生活习惯，激发了自己相对较多的情感诉求。仿佛内心有个濒临爆破的宇宙，不能与旁人说的话，便只能以笔代口。而事实上，较之于文字，语言总是显得武断、轻浮，不够郑重。写作，弥补了这一切，满足私心上的表达欲之余，也令我心智开阔，知道岁月绵长，不能失了郑重。

2

因为我曾为厦门写过一本游记，朋友发来短信，说自己要去厦门，问我鼓浪屿如何如何。我是一个感情用事又不太深刻的人，包括写文章，当下百转千回的遐想和愿望，也都只会存在于当下。我没有办法因为当日旅行的好心情，就违心地假装自己热爱鼓浪屿到无法自拔的地步。事实上，并没有。我热爱鼓浪屿，但依然很有节制。

我热爱的是安静时分、日落时分、明媚时分的鼓浪屿，但它也有令人聒噪的一面。这一点，舒婷的理解，要比我深刻得多。我只是万千行客之一，但舒婷曾经是住在岛上的人。

她说："……大自然的宠儿被慷慨的阳光和湿润的海风所撩拨得骚动不息，或者轰轰烈烈，或者潜移默化，在小岛上恣意东加一笔，西修一角，增增减减，让一个拳头大的地方，坠住千万游客的脚，使他们总也走不出去。"

而我写文章，能写的也只有我眼中的鼓浪屿。所能呈现的，也都是主观的，甚至可能是片面的。且不论，鼓浪屿之好之不好，有一点，鼓浪屿，值得所有的人去走一走看一看。因为，从来没有一个岛，距离尘世那么远，又那么近。

走在岛上：

既在海中，
也在陆上。

既在寂静的孤岛中，
也在喧闹的城市里。

3

写作永远不能脱离生活。

朋友的一句话，电影里的一句台词，音乐当中的一句歌词，书里的一段句子，都可能是一次写作的灵感来源。可能是写作的关系，我对生活中的琐碎细节，尤为关注。大体上，我也是愿意聆听的人，有人想要与我说话、谈心，我通常都是十分欢迎的。甚至，也会有读者写信跟我讲他们周身发生的，或是伤心，或是欢喜。我觉得都是对我的写作大有裨益的。

4

我十分惧怕极端的情感状态。

对写作，也是一样。

可能与我本身的性情有关，大动干戈或是歇斯底里的情感表达方式，是我个人不欣赏的。我个人的感情态度是简单直接的，最好的得到与失去，莫过于好聚好散吧。虽然听上去颇有些伤感。

但一如我所说，写作的时候，我会尽量客观表达。身边一定还是有人爱得死去活来，这本身也是没有问题的，所以在我的写作当中，我并未刻意规避他们，这也是不应该的。因为，我想，所谓的爱之深恨之切的说法是有道理的。没有人可以对别人相爱的表达方式说三道四。而我能做的，也就是：

以一个局外人的眼光，去看。

以一个好朋友的视角，去聊。

也就是这样了。

5

我有民国情结。写作时，尤其是写游记的时候，总忍不住讲一些与旅途有关的民国故人。风景无人，何以叫风景。人，才是旅途当中最值得欣赏和探索的一道景致。因为，山川河海，看得久了，也是相差无几，之所以忍不住一再踏上旅途，是因为每一段过程都因为不同的人、不同的时令，变得各有趣致。

两年前，去了一趟厦门，除了路上所遇的各色有趣的人，对我来讲，最值得一提的便是厦门丰厚的文化历史底蕴。没有历史、没有文化的城市，对我来说，是很无趣的。有过去、有往事、有回忆的城市，才有重量，才有味道，才能让旅行变得有所得。

林语堂的知足。
林巧稚的坚定。
陈嘉庚的宽宏。
还有海子的诗意跟浪漫。

这些都是旅行当中非常重要的收获。当然，宅在家中读书，也会读到他们，也会有所领悟，但读万卷书不如行万里路，路上的收获跟故纸堆的所得，永远都是两个层次的。书上的东西便只是书上的，有所得，亦未必能记得长远。但路上的知获，是属于生活的，属于内心的，属于自己的能一直带着、一直记在心里的东西。

6

写作者的爱情观和婚姻观对自己的写作之影响是不容小觑的。写作，本身就是一件关乎作者内心的事。作者笔下会不可避免地渗入自己的情绪、观念和态度。但余华讲过一些话，说得很好，意思大抵是作家的任务是表达真相和传播真理，应该尽量客观地去讲述这个世界，而不是以一己之念左右旁人，纵然这件事做起来并不容易。既要与世界亲近，又要与世界疏离。

想起阿多尼斯的几句诗——

我如何对我的日子说：

我住在你那里，
却未曾抚摸你，

我周游了你的疆域，
却未曾见过你？

/ 与爱有关的一些话

1

某日，她突然在网络上跟他说话，然后，他不自觉地想，是有多久了。她消失的时间。五年。还是六年。对话进行得十分艰涩，虽尚有一份亲近在，但彼此之间的距离业已随着杳渺时光变得遥不可及。并终究在一种尴尬又仓促的氛围里，结束了对话。对过去的人，过去的事，谁都会有这样一种稍纵即逝的怀念吧。所有的再见拼在一起就是全部的人生了。

2

“在我们的一生中，遇到爱，遇到性，都不稀罕。稀罕的是，遇到了解。”这段话是廖一梅讲的。我非常认同。每次旅行归来，总有人问我途中是否有艳遇，仿佛“旅行”必有“艳遇”。这样的论调令我十分不解。我也从来不以为“旅行”与“艳遇”有任何必然的关联。

对于有人将两者时时联系在一起，只能让我很不怀好意地怀疑他们的真实目的和品质。我对“艳遇”的理解非常狭隘，我以为就是旅途当中的“一夜情”。我甚至会很有敌意地，将他们的想法理解为：旅途之外的“一夜情”属于道德失守，那么，冠以旅行之名的“一夜情”则变得情有可原，甚至是风雅浪漫。实在不能苟同。

当然，也有孤身一人上路的行客，在旅途当中遇到互相了解的那一个人，甚或，那人会与之同行共旅，成为爱人。但这在我狭隘的理解当中，与“艳遇”是完全不同的两件事。这是属于“缘分”范畴的事情。有的人，也许就是在路上，等着遇到你。

这是爱情，不是艳遇。

3

我写一个题为《末日》的故事。可能，它不是当中写得最周全，也不是最令旁人动容的。但它几乎是我个人感情观的一个集中表达。女主角一生都过得很不平顺，对很多人来讲，日子是过得不容易甚至很艰辛的。但私以为，那些苦难对她来说都不能算是“末日”。有一天，他离开了，永永远远都不能回来的时候，才是她真的“末日”。

只要活下去，多年之后再回头，终会发现过往生活里的贫病、坎坷、磨难，甚至失所流离都抵不过曾有一个人一直守护你，或者说，唯有那个人，唯有那些我们曾以为无足轻重甚至不切实际的温暖，到头来，才是唯一又唯一的珍贵记忆。

4

很多人都觉得男女之间不存在纯粹的友谊。私以为，不相信男女纯粹友谊的这种情况，不是因为男女性别的缘故，是当事人自己对友谊的不确定。不相信男女间有纯粹友谊，说明他本身便是一个待人待事不够纯粹的人，他自己本身就无法很纯粹地来对待异性，无法很好地克制自己对异性的原始欲望。

当然，成年人，在社会当中摸爬滚打，自然很难再保持内心的纯净度，这是完全可以理解的。但这只是自己本身的问题，不是男女友谊的问题。我也不是一个多深刻，觉悟多高的人。男女之间有一种情况，使我相信男女之间有纯粹的友谊。

我一直觉得男女交往，起跑点非常重要，有些人是属于不小心，一下子便越过了男女之间暧昧期的那一种交往。一开始走得太近，称兄道弟，再往后就难以生发男女之间的两性情愫了。我相信，许多人一定也有这样不能成为恋人的异性友人，并且相知甚深，肝胆相照，如同一家人。

5

什么是纪念。

所谓“纪念”，是一个初衷，一个念想。不是最终的目的。“纪念”的目的，是为了“可以放下的不忘记”。私以为，一段已逝去的感情，一个已擦肩的人，能带给我最好的只能是过去的回忆，而不应该成为当下的羁绊，更不应该左右自己的未来。过去的某段感情，过去的某个人，之于我，最好的状态是，不忘记，但放得下。偶尔回忆时，能够觉得昔日里彼此不负光阴就够了。至于，以后的路，仍需要一个人去走，不拖泥带水，干干脆脆。这是我以为纪念的意义。

6

韩寒的电影《后会无期》当中有一句台词令我十分感动——喜欢就会放肆，但爱是克制。克制的才是最美的，虽然我是一个对情感自由充满欲望的人。但所谓自由，其实是一种可能只在极不自由的境遇当中才相对存在的一种可能性。因而，私以为包括在情感当中，克制是一种美。隐忍的爱，许才是一种真的自由。

而今这个时年，敢爱敢恨、及时表达是很受人欣赏的。但也因此，有了“速食爱情”这个词语。爱情，本身就应该是一件缓慢的事，应当是有一种隐忍之美的。所以，私以为，速食的爱情必然会缺了一点儿什么，少了一点儿什么，是美中有不足的。甚至，将来怀念的时候，怕是连当时琐细的心情，也已不能一一顾念得回来了。

7

友人Y先生和M小姐相处六年，毫不夸张地说，分分合合可能已有百余次。两人几乎每日都要吵嘴，翻脸的事情时时都在发生，但几天之后，又如胶似漆，如此反复，折腾不休。因为这样的事情，我被爽约也是意料之中的。

后来，我以他们为原型写了一个故事，发表在了“一个”APP上。故事讲的是一对恋人吵吵闹闹，仿佛永远不能好好在一起又永远不能分开彻底。这样的相处模式，怕是很多读者都有所耳闻。可能就是身边的某对朋友，也可能就是他们自己。

今日，本来与二人约好去看赵薇的电影《亲爱的》。距离开场时间很近的时候二人依然没有现身。我知道，坏了——他们定是又吵架了。我因此类原因被爽约已是见怪不怪。有时，我甚至也希望他们彻彻底底分开才好。可是，在故事里，我仍旧忍不住让Y先生向M小姐求婚了。也算是作为朋友，对于他们二人的一个寄望吧。

8

每次与朋友去KTV小聚，大家选歌来唱的时候总会信口说上两句，而多数时候，一首歌的背后总是有一段故事的。比如，友人J每每去KTV

必定要唱张惠妹的《记得》。那是她与昔日恋人在一起时常常要听的歌，而那首歌也算是他们当年的爱情证词，都说着要是以后不能在一起了，也一定不能把彼此忘了。事到如今，她也算是做到了。

只是，做到了“忘不了”，也就注定了有些痛苦她无法摆脱掉。

9

孤独、寂寞，这样的字眼时时可以见到，日日有人在讲。总有友人想要摆脱，但我以为人性决定了孤独和寂寞在生之时年当中不可避免。活在世上，要做的、要遇到的人和事实在太多，而孤独和寂寞这样的情绪，也就是人事往来当中一瞬间的知觉。没有人能躲避得了。

只是，有些人铿锵，掌控得好。
只是，有些人脆弱，把握不了。

于是，便总想着如果生活里有另外一个人，或许会活好。爱情能否治愈这些呢？恐怕也不能。爱情，本身也就只是生活当中的一小部分。人一生要面对的，又岂能只是爱情这件事？爱情安慰不了的，只能依靠自己的内心掌舵。相爱着的人也必定各有各的孤独，各有各的寂寞。近日看了吴秀波的一个访谈，他有一段话讲得很好：

“其实，我们往往在恋爱结婚的时候，以为自己活不好是因为自己一个人，两个人就能活好。其实只有你一个人能活好的时候，才有可能两个人或者说一个家庭活好。”

10

有女读者在微博给我发私信，希望能给她的情感生活提出一些建议，可我哪里有这个资格。旁人的建议始终只是旁人的，每个人都有自己应对生活和爱情的方式。只是我个人来讲，我大概已经过了奋不顾身的年纪，很多时候我也只是一个知难而退、不足够勇敢的人。要珍惜，不后悔——这是私以为在爱情当中，至为重要的两件事。

孙红雷在《非诚勿扰2》里有一句台词实在朴实，却又奥义至深。他说：“就俩人，一辈子，打不散，骂不断。”多好。只是世道情淡，真心人太少。说此话时，自己亦是尘垢在身，难以裸心待人。难怪，生死牵绊的情分总在乱世绝境的传奇里才能遇见。

只是，有些人铿锵，掌控得好。

只是，有些人脆弱，把握不了。

“就俩人，一辈子，打不散，骂不断。”

/ 与日常有关的一些话

1

我拍过很多古建筑。虽然很多是修复甚至重建的，是人造的，是后来添加的，是也许将来有一天可能会被拆掉的。但无论它们在与不在，它们都将一直会是当地的一道风景。在时，有幸能入内一观；不在时，亦一定有人会告诉你，曾经，在这个位置，有一座古老的建筑，当时，还有人住在里面，发生过一些故事。而人类永远是渺小的，人在自然当中生存，我相信，人死后，所有的记忆也都将融在一寸一寸的土壤中，复归于自然。

2

我有个愿望，希望将来有一日能有一家属于自己的咖啡馆。我写过一篇题为《文艺这一行总要有人做》的文章，开头是这样写的：曾与爱人说，以后想去鼓浪屿开一家旅馆。一楼开置一个小的咖啡馆，二楼以上是客房。要有花园，花园里要有秋千。有书，有电影，有音乐。资金足够，也可以再附设一间酒吧。酒吧叫作“Call Me Daddy Wong”或是“隐忍生活”。

可见，这件事，我肯定是反复幻想过很多次，甚至幻想得有模有样的，连店名都取好了。“文艺”这个词语，现在是被大众使用得越来越狭隘可怕了，连说自己是个文艺青年都搞得好像很可耻似的。实在是难以理解。我平日里是个大剌剌的人，但骨子里还是很有文艺情结的一个人。

咖啡馆是城市文化建设当中不可缺少的一项内容，但它不一定就是文艺的。咖啡馆与文艺并没有直接的关系，它完全取决于咖啡馆店主自身的素质。一个内心文艺的咖啡馆店主纵然不能确保开一家成功盈利的咖啡店，但起码他能确保自己的咖啡店是有情调的。因此，我认为，有文艺情结的主人，是咖啡馆与“文艺”这件事建立关系的关键。

假如有一天我开了一家咖啡馆。

你有空的话，也来坐一坐吧。

3

微博中常见类似“五小时的高速追踪，八小时的艰难对峙……一名爱狗志愿者在高速路上看见了一辆载有大量活狗的货车后，紧急联系其他志愿者。随后，在沈阳西站高速公路口，一场长达十三小时的‘拦车救狗’行动展开”之类的新闻。关于高速上拦车救狗的新闻屡见不鲜。

我十分钦佩各地真正用心的小动物保护协会（据我所知，存在少量不负责任的伪善组织）在保护小动物方面做出的努力。流浪狗的生存现状，十分凄惨。它们非常需要这样的小动物保护行动。

广西玉林狗肉节的各种屠狗现场令人瞠目结舌，微博上各路疯传的视频、照片一度令我浑身不适。我不知道大家从小到大一直被教导的那一句“狗狗是人类的好朋友”，到底有几人用心记住了。常有人讲，一个国家的国民素质从他们对待小动物的态度就能说明问题。我深信为然。

且不说素食，但起码，日日可见的流浪街头的狗族、猫族，懂得依赖、爱顾并对人类有感情羁绊，对这个世界仍有期望的狗族、猫族，我很希望，所有的人能持哪怕一丝的怜悯之心。哪怕不能收养、哪怕不能照顾它们，最起码，也给它们一条生路。这个世界，我们人类占有的空间，还不足够吗？它们又能占据多少地方呢？

也常听人说，恶犬伤人。但我总在想，若是没有恶人伤害它们在先，又哪里会有那么多的恶犬。犬恶的根源还是在于，它们实在是被人类伤害得怕极了人类。我不相信，一只狗天性当中便对人类抱有敌意。定然是流浪过程当中受的苦难多了，被人类驱赶、伤害得多了，方才变得愈加警惕、凌厉、凶狠。扑杀、食用它们，是灭绝人性的行径。

愿所有的猫狗能有平安的一生。

4

每个人心里都有一个想要变成的样子。外表的样子，容易做到。内心的样子，太难。不停地被人伤害，又去不停地伤害人。不被人理解，于是也不理解别人。因此，虽始终都相信眼下的一切都会好起来，却又不知道是何时。

其实，一切忧患都是无意义的。患得患失，毫无意义。人常常缺乏的素质就是专注于心地活。专注生活，依据外部世界现有的脉络去认真体验，然后按照内心世界深藏的细节去合理拓展。戒骄，戒躁。理应这样生活。

5

时有读者写信问我平日的生活状态。

我也十分希望自己的答案神秘有趣。无奈，我大概是作家里最庸常的那一个。读书、写作自然是不能缺少的生活内容。对我来

讲，它们与平常所说的“工作”是两样的，它们是我生活的一部分，一如喝水、吃饭，是日常生活里最寻常，也最不可缺的内容。除此之外，每年也会不定期安排固定两次的旅行，时间一般在两个月左右。

当然，我还有一群狗需要照顾。公寓附近也有不少流浪猫，近期也开始定点喂食。与猫狗的相处也占据了我生活当中很大一部分时间。每天，起床之后，大概就是喂食猫狗，带狗遛弯，然后读书、写作。傍晚时候，会去健身。健身，算是一个爱好吧。

6

友人D让我推荐一些书读。可我却不知从何讲起，不知要推荐什么。我读书很杂。基本上选择较多的还是人物传记跟古典文学。也会读一些港台作家的作品。我基本上，不会指望在阅读中找到什么。它只是我的一种生活方式。如同旅行一样，是一样必需的生活内容。

我认为，最能带给我们收获的，永远都是生活本身，而不是其他任何的事情。在阅读中得到的东西，对于我来讲，最有用的，也是让我对生活保持热情、热爱和期待。

我希望我写过的那些闲书，能带给读者的就只是一段安静的阅读时光。一杯咖啡，一份糕点，一本书。我从来也不觉得自己是个很深刻的人，也从来不想要对任何人说教，因此，我写的书，只希望，大家读到的时候，会觉得没有浪费时间，会说一句：“嗯，还不错。”

至于别的，我的书能给的，想必也很有限了。人生，它本就是一件除了自己，任何人和意见也左右不了的事情。永远都需要亲身经历，才能知道点儿什么。

7

我养了几只狗。除了“坐下”“趴下”“出去遛”“吃饭”，其他的指令都不曾训练过。当然，对爱犬进行一定程度的训练，我觉得是十分必要的，毕竟现代人的生活环境十分复杂。要保持社区里的一种人类与狗族之间的和谐，人与狗都需要做出让步。

人类需要给狗族微小的生存空间，那么狗族如果能给人类一些安全感自然是最好的。毕竟，有些人天性对狗就十分畏惧。这是没有办法的事情。因此，对爱犬的一些基本训练，也是让狗在怕狗的人眼中变得有教养。是一件彼此尊重的事情。

但我十分反感主人对爱犬进行一些无用的、只为自己逗乐的训练。真正爱狗的人，应该是在尊重狗的天性的基础上进行适当的训练，将它们视为友人、亲人。我相信，以狗取乐的人一定不会拿自己的子女跟爱的人用同样的方式来取乐。

8

许久之前，友人F跟我聊天，她说“爱小动物的男人都是好男人”，问我是否认同。我一时语塞。这是一个有些正经的话题，我本身又不是一个一板一眼的人。加上我自己也是家有猫狗的人，怎样回答都觉不妥。说认同，仿佛也是在抬举自己。所以我说，无论如何，爱小动物的男人，起码不会是一个太坏的人。

一个男人，如果对猫狗这样的弱小动物，都没有怜悯心，都不能去爱，谁还敢保证他会好好地爱一个人。换句话来讲，如果一个男人对猫狗都疼爱有加，那么，我相信，对待人，他再坏，也坏不到哪里去的。

昨日又与友人F碰面。一路上，她一直在抱怨自己是大龄剩女。于是，我一时兴起，问了问她的择偶条件。大部分都是老生常谈的一些条条框框，唯独一点令我印象深刻。她说，对方一定要是个喜欢小动物的男人。想到友人F当日问我的问题，忽然觉得有趣起来。愿她早日找到

心之归属，得圆满爱情和一个家。

9

爱猫爱狗之人未必有养猫养狗的经历，但对流浪猫狗毫无怜悯之心定是从未与它们相处过。我养过一只猫，如今身边有三条狗。它们，对我来说，是朋友，是亲人。常有人因为寂寞空虚，买一个宠物陪伴自己。于是，也有人问我，照顾它们是不是也为了满足自己的某种欲望。这个问题一度令我十分困扰。我忽然之间开始怀疑自己，是不是也有与旁人类似的目的。

可时日久了，我确定不是。

老大幼年重病，原主人只照顾了它不足三天，便欲将之抛弃，刚好被我知道，我就上门领回了它。老二本来是流浪狗，是老大发现的它，而流浪狗通常对人类很是畏惧，愿意让我靠近，并愿意跟我回家，我相信，这也是我跟它之间的缘分。听上去有些冠冕堂皇的嫌疑。我也并非想要抬高自己，但照顾它们，就只是出于一种责任心。

或者，可以往低处理解，假设照顾它们是我们（包括我）有所贪图，想要满足自身的某种欲求的话，那也是一种修行。一只狗的生命不过十余年。在而今这样一个浮躁的、人与人之间私心极重的时代，能持久妥善地照顾一只小狗，也是对自己内心的一种控制、把握。

在这十几年的时间里，我们需要应对的，是在这极需耐心与责任感的过程中会常常出现的负能量。包括：自私、懈怠、懒惰、不专注、不温柔、无所记挂。愿，你我能在与人、与自然的温柔相处中，获得爱的正能量。

10

我和这个世界不熟。
这并非是我绝望的原因。
我依旧有很多热情，
给分开，给死亡，给昨天，给安寂。

我和这个世界不熟。
这并非是我虚假的原因。
我依旧有很多真诚，
离不开，放不下，活下去，爱得起。

不知是谁写的诗，而今再读，不禁泫然。人生有太多选择，但选择一座城市作为一个起点，常常只是偶然。一段旅程的开始，或者结束，其实往往没有事先想象得隆重。但它在人漫长或短暂的生命里，终究是有所意味的。

有些时候，一个人与一座城市之间的关联如同一场艳遇。是不期的、不经意间的，是倏忽就发生的。内心或有执着，抑或是没有，都不要紧。要紧的是心中有方向，知道自己在路上不停变更的去处。需要有一盏灯，悬在心上，照亮内心的路径。东南西北，总会有所念。

路，一直在走。一段旧的旅程结束，再踏上新的路途。人往往需要一次转身，或者徙居，以此告别旧路，重新出发。人生就是一个将此过程循环反复的事情。从生到死，从开始，到结束。爱过多少人，走过多远的路，加在一起，就是全部的人生旅途。

夜

/

再　见　有　期

一惘然

一

大学毕业，吕轻姿决定去上海，路庄严会留在北京。离校前一日，吕轻姿倚在路庄严的怀里，问他，自己离开之后，他是否会不变初衷，爱她如旧。彼时，路庄严信誓旦旦说，当然。她也是信足了他的。他是那样干脆，果决，没有丝毫犹疑。

吕轻姿记得，那夜天上，不见星光，只有月。

二

吕轻姿和路庄严，一如众多校园恋人。毕业前夕，面临不一的工作去向，会时常论及毕业之后两人的感情前途。会有热恋中的女生弃自己前途不顾，只身投奔他处，以爱为食，眼中没有世界，便只是他一人。亦有女生干脆利落胜过男生，早早将前途规划完整，分手之时毫不犹豫。都是各自行路，方向明确，知己所需的女子。

但吕轻姿不同，她属于第三种。

她从不将与路庄严的恋爱当成与前途并提的事业来经营。她坚信自己与路庄严的感情是与别人不一样的，是生养供给所需，是生活的一部分，是与前途理想绝然不冲突的，是理应长存的。因此，在路庄严同意之后，她很放心地离开北京，去往上海。对路庄严，她从未想过要松手，也从来不觉得“异地恋”对他们来讲会是个问题。

毕竟，他们一起走了那么久。

吕轻姿面容俏丽，身段婀娜，是那一种极易引人注目的女子。她对自己的样貌素来有清醒的认知。但她不会据以为傲，平时亦是打扮素朴。只不过，有必要的时候，她打扮起来亦不迟疑。

就好比，她追求路庄严时，深知自己的样貌是个优势，便在那一段时间时刻不忘悉心装扮自己，处处小心顾虑，竭力呈现出美好的状态，以各种方式来让他注意。当然，她最终也果真因此等来了路庄严的第一次邀约。而今想来，仿佛已是几生几世以前的事了。

那日，距吕轻姿初见路庄严已时隔两个月有余。晚饭之后，走出学校食堂时，在门口处被人叫住，声音的方向与她关注着的路庄严坐落的方向一致。她心中一喜，便知，这件事总算将要成了。

吕轻姿不是轻易会对人动心的女子。许是她自己太过硬气，行事亦是雷厉风行。较之寻常女子，要少了一些温雅和柔淑。于是，她喜欢的便始终都是那一种类型的男子。沉默，斯文，儒雅，有书生气。若有一副眼镜佐装，那便更好了。

路庄严即是这样的。

每个人自少年时代开始，便总会在心中大致摹画出未来所念所恋、所依所偎之人的模样。以之为基准，去寻觅。并终会在一次又一次的情恋之后，丧失最初构想的意义。现实从不会以你之愿欲为转移。需要妥协的，总是渺小你我。

吕轻姿之所以未曾与谁亲近过，并非是大家所认为的乖顺、羞赧，她只是不肯让内心之喜迁就冷漠现实半分。遇到路庄严之前，她也不曾料想，会果真有这样一个人，似是从她记忆深处跳脱出的。如此妥帖她心意，甚至有分毫不差之感地立在她面前。

那是大二开学返校时在学校的富丽大门前的邂逅。他提着一黑色行李箱，不急不缓地从人群里渐渐走出，入了她的眼。牛仔裤，白衬衫，衣袖工整地被折起几道至肘部。五官立体，皮肤白净，有一副银框眼镜架在高挺的鼻梁之上。就是那么一眼，她便知，自己再也无法将目光从他身上腾挪开了。

似是经历了数年的漫长苦寻。在极尽绝望气馁之时，豁然见到了一束光。那光，不炽烈，不野蛮，不灼人，却足够令她看见来路和去处。是那么温柔熨帖地照着她。

三

吕轻姿对路庄严也不是不曾有过担忧。女生面子薄，吕轻姿虽暗暗发誓，一定要将他收服，但也担心自己成事不足。被拒绝这样的事情，她也预想过，但对这样的结果总还是惶恐不安。从打探路庄严，到隐蔽地去勾引，再到路庄严心动来邀约，花了她两个月的时间。

彼时，她心中欢喜，却也忧心。人总是这样，得不到时有得不到的愁，得到后有得到后的忧。忽然之间，她又觉得，这样容易对自己心动的男子，大约也是没有长性的吧。若是这般，那也只能度一时是一时了。但路庄严与她的交往又令她好舒服。他似是温柔纱绸，妥帖将她覆住，寸寸都是挨贴肌肤，却又任她辗转自由。

她希望自己没有看错，愿他果真便是她想要的。她犹爱看他默不作声将她手握住侧脸将她望住的样子。没有话。就那样，两人一直走，世界都沦为陪衬。月光下，大道上，就只有这么静默的一双人。

也不曾有一句占有，言明要做他女友。自她应了他第一次邀约，他便顾自对她好。点滴细节都能注意到的男子。因她行事大条，冬日出门，竟时时连手套忘记带出。后来他买了一副自己随身带上，防止她不记得。分别时，再将手套取回，以备下次再替她带出。

亦有一次她过生日，在钱柜唱歌。有姐妹送来蛋糕，他便趁众人欢唱无暇顾他时，默默在角落将她那一块蛋糕上的巧克力酱一点一点剔刮干净。他一直记得她这点的。

他甚至连她母亲的生日也记得。而她，甚至不记得自己跟他提过这件事。后来才听他说，初识那年，她与她母亲通电话时用不难听懂的方言说过一回生日快乐，他无意间听到她电话，便也就将日子悉心记下了。来年吕轻姿若是遗忘，他便好小心提醒。

路庄严也是学校里众人皆识的人，清俊，挺拔。虽习工科却写得一笔好文章，弱冠年纪便在各大平媒开有大小专栏无数。又有一把好声音，时常能从电波里听到。还拿过不少摄影方面的奖。少女时代，这样的男子，定是要成为大众情人的。痴迷他的人自不在少数。

吕轻姿也因他受到过同性排挤、暗算。但他是个好有分寸的人，从未做出什么令她有半分不悦的事，时时顾全她的感受。因此，对于痴情于路庄严的少女们施于她身的微小伎俩，便不以为恶，反倒觉得有趣。日后拿来回忆，甚至是一笔旷盛的财富。得如此良人而引来众怒也未尝不是一件妙事。吕轻姿想。

人总是这样，得不到时有得不到的愁，得到后有得到后的忧。

就那样，两人一直走，世界都沦为陪衬。

四

但世事无完美，总还是有些瑕疵。

同寝室的女生原先也并非对路庄严都有兴趣，无奈吕轻姿常常提起。渐渐，也各自都有了一些诡异的心思。女子与女子之间来往，最惧“嫉妒”二字。她吕轻姿，容貌好、学习优秀，还有个听上去好完美的男友。单凭这些，已足够令她成为众矢之的。

有一次，她晚饭回来，走至寝室门口便听到路庄严的名字和一片笑声。于是，她一时兴起，窃听了几句。两三室友聚在一起窃窃说她也是一无长物，不过凭借一张与他前女友近似的脸，稳稳当当做了两三年替代品，竟还不自知地欢天喜地。甚至故意为她留下一张她们“窃”来的路庄严前女友的照片。

虽知道这些话都是故意讲与她听。但因这几年交往，她与路庄严彼此都不曾探究各自过去，这一时，她听来这些话，竟到底开始介意了。她到底是为流言所伤，待她们离去时，竟果真将那照片拿来放进了包里。却时时不愿去看，不敢去看，她是真的怕。

那日，是他们的第一次。她并无经验，但他竟连性事也做得那般极致。她忽觉这眼前人是如此不真实。又忆起那些关于“前女友”的闲话，竟事后像个小女子一般内心酸楚难耐。忽然之间失了心一般，将他推开，欲起身离开。

他不是没有禁区的。比如撒手转身弃他不顾的姿势是他决然不愿见到的。于是，一把将她拉住丢到床上。他竟是这样大力，她忽然觉得悔了。他也是会有暴烈的时候。想及此，她便愈发难过，终不能自抑伏在枕头上，大声哭起来。

她是绝少会流泪的人，更不说这般狼狈地哭出声来。她忽然觉得，她到底还是因他变了。是将自己曾经满当的心腾空了一半，由他来掌控。于是，较之从前变得敏感，脆弱，甚至开始会哭，会似少女一般计较、怨怒。她知道，他是缓慢不惊地便走进她身体里了。

那是她第一次问他。探究她不曾伴他左右的那些少年时光里的情动与爱喜。她是当真以为他是有前女友的，因他是当真懂得女子身体的人，这不是纯真少年可以做到的。但他却长久没有作声。

她不知道何以得到勇气，便翻身从包里将照片取出，递与他看。时至此时，她依然是不敢去看的。这是你的照片吗？她问。是。是你的前女友吗？不是，与室友玩笑说是旧日恋人，一来心里虚荣，二来是个寄托。彼时，与她并不相识，只远远注视，心里已是欢喜。

他又说，与她遇到过几次，于是暗中远远拍了几回，照片不多，唯这张略模糊，放在寝室也还算安全。后来，跟他学摄影的学弟要拿这张

若是心中挂虑太深，势必难安。

再深的感情也抵不过时间。

做学习范本，便给了学弟。竟不想，会流落至吕轻姿的手中，再至此时，她凭它来质疑他。甚至，到而今，她都不曾仔细看过它。照片拍得有重影，并不清楚，但若努力辨认，依然可以看清。

你当真看不出照片里的人？他问她。

听到他这句话，吕轻姿心中剧烈一震。是与她有关联的人吗？抑或是他这是已承认了心里暗藏旧人，并喜爱至今？她将它接过来，胸口几乎要裂开一般，疼痛难忍。目光落在照片上，一秒两秒，终至她泣不成声。是这样的在他面前完完全全地失去了姿态。但她却是如此甘愿。

那照片里的人，分明是她吕轻姿自己。初入象牙塔时，幼嫩却热烈的模样。这是她始料未及的结果。心惊胆战以为是两人濒死时分，终了方知是虚惊一场，又意外得来惊喜。这喜，实在是来得太过猛烈了些，以至于她失了方寸，成了孩童。

离开北京的那夜，她的心里不是没有一丝惊惧的。这座她寄居四年的城市，这个她朝夕相伴三年的男子，竟将在一夜之后，见不得，触不到，思念亦不可及。到底是女子，念及这些，她竟不自知地眼渐湿润，落下泪来。

五

初抵上海的那几个月，吕轻姿噩梦不断。若是心中挂虑太深，势必难安。路庄严早已住进她身体里、灵魂中。这件事，她从来没有过怀疑。是那样确定的，也将他记挂着。

路庄严毕业之后留校任教，工作并不紧张。起初，他与吕轻姿日日通电话，诉说彼此思念。翻来覆去近似的话，日日重复也不觉厌倦。恋过的人，大约谁都曾有过相似经验。吕轻姿在上海一家广告公司，谋生不易，工作繁重，日日期待的便是晚上那一通电话，听到那人声音，便觉足够。是那样无贪知足的一段好时光。

吕轻姿几乎没有假期，于是，路庄严便常抽时间从北京飞上海，去看望吕轻姿。半月一次，到一月一次，到两个月一次，三个月一次，后来半年未见一面。

是，总是要有变故的。

再深的感情也抵不过时间。

吕轻姿是受过苦的女子。少年时便与母亲相依为命，甚至不知生身之父高矮胖瘦。母亲从不提及这人，亦无再嫁念头，怕女儿受苦。二十多年，始终身兼几份工作，在那个方寸小城来回奔波，从未怨怒半句。她是决心要改变这一切的。

他跟她之间，不过一两个小时的航程。

他跟她之间，却果真远隔一千多公里。

是，总是要有变故的。

幸的是，她，有一副好样貌。纵使未必真需要她损失什么，但却实在是可以悦人心目，工作行事得来总要方便些。自然一如在校园的时间，格子间里的女子心计更胜，她依旧时常遭来莫名记恨，被人暗算陷害。但又一个三年下来，她也挺过。

她越来越忙碌。起初见路庄严一月未来，也会憋气质问。但后来，她实在是疲累至极。这生活令她觉得好辛苦，以至于她连怨怒路庄严不来看她的力气都没有了。生之艰辛非是她一介小女子可以预计的。

她也曾认为自己与路庄严之间的感情是不会因外力而消淡甚至崩垮的。他是那样温柔的一个好人，他一定是懂得她漂流在外之苦的。想到这里，她便觉得内心安慰。知道，这世上还有时刻可供她依偎的一个人等在那里，她一回身便可看见。这样想着，她依旧觉得这世界好美好。

就当她熬过这些苦楚，晋升为部门经理，以年薪论收入，可回孝生母的那一日，她接到一个电话。女孩叫方优优。她说，她的庄严老师太寂寞了。她说，轻姿小姐，你把他让给我吧。她说，如今并不是我要让你失去他，是他一早便觉得他已经失去你了。

那日，窗外有风，清凉刺肤，她错以为她在上海的第三个盛夏已过。但手机上分明写着八月十八日。恍惚之间，她记起，六年前的这个时候，她正穿着一件妖娆红色连衣裙，在大学饭堂门口被他唤住。

你好，我是路庄严。他温柔向她说。

她是有多久没有主动与他说过一句话，打过一个电话了。他竟已觉失去她了，她是弃他不顾有多久了。七个月，还是八个月，甚至竟已有一年那么久了。她分明记得，他是处处皆可忍让，唯一不允的，即是有人转身离开弃他不顾。他竟是这样默默记了她的“仇”了。

方优优说，她恋慕路庄严许久，又许久。即便她告白初始那一日，他未曾留给她半分薄面，依然告之她，自己心有所属。但她却不能就此弃了他。她也是寻找这样一个男子，好久，好久了。原本，她的庄严老师很快乐。她想，那么，我就此打住，先远远看顾他就好。

后来，庄严老师蓄了胡子，愈加沉默了。是这样一个明朗如日的人，竟忽然之间，连说话也失了气韵了。方优优知道，他是受了挫了。且是，缓慢又剧烈地损折。于是，她觉得自己也许会有一些用处了。

再后来，她便开始对他好。她常去他的宿舍为她洗衣，为他做饭。起先他不允，但她坚持，他竟向她妥协了。她知道他心里是有人的。是怎样的一个女子将他变成如今的模样。他是这样温柔细腻的一个好男子，她不知道还有谁可以如此忍心待他。

时间愈久，方优优便错觉眼前的庄严老师果真已是她的。可是，每当她欲有索需，他又背过身，离她好远。她不知他还要固守至何时，许是一年，许是两年，许是十年，许是这一世也无法让她得到。那夜，他竟想喝些酒。方优优是万事不拒他的。于是，她便坐在一旁，看顾他。

他是素不饮酒的人，几瓶下去便有醉意。于是，竟与方优优说起吕轻姿。是这样一个缓缓就弃了他的人。有时候，不去看她，只是想听她几句嗔怨，那表示她还在乎他。可是，一个月，三个月，哪怕半年未见，她也无话。是连一句责备的话，她都不愿给自己了吗？他不知道，当年与他寸步不离的女子，而今该是要有多么冷漠的意志才可这般与他疏离。

她在电话这端安静听方优优说。只言未发。方优优求她放了他。是一个少女的啜泣声从那个北方城市传来。令她痛不欲生。她却不能言。她跟他之间，竟疏淡惨烈至而今这般模样。她万万无法想到。

她只是痛，却不能应答。正此时，吕轻姿听到了路庄严疲累不清的声音。他说：优优，优优，你在哪儿。母亲也恰巧发来简讯，说钱已收到，正置办新家，等她年底回家过年。言语之间尽是欢喜。忽又有凉风从窗外吹进。她终于慢慢开口对方优优说：请你帮我好好照顾他。

就是这样了。

六

路庄严在北京。
吕轻姿在上海。

他跟她之间，不过一两个小时的航程。
他跟她之间，却果真远隔一千多公里。

但事到如今，又将如何。她知，路庄严没有错，许是自己有的，却也是无能为力的。生之艰辛蹉跎了她明净的一颗痴心。她终于在苍苍世情里，失去了他。在他之后，仍有日子，而她心已斑驳，即是勉强再与谁携手，大约也是无法纯粹如初地去爱了。

她唯一庆幸的是，她将最好的自己给了他。

（发表于《风尚志》）

但世事无完美，总还是有些瑕疵。

一 旅情记

一

旅行结束，楚小姐回到家。

时已黄昏，她收拾完行李，走到落地窗边抱腿坐下。窗外一片橙黄。她从未像今日这般心无杂念地看着这个城市的日落——如此沉默，又如此伤感。旅途中，她曾不停问过自己，旅行的意义到底是什么呢。但她始终没有答案。她只是走，不停地走。一个城市接着一个城市地走，一座村庄接着一座村庄地走。而今，旅行结束，她忽然觉得自己仿佛放下了很多东西，又仿佛找到了一些什么。

日光一点一点暗淡，天色愈加朦胧。她猛然记起旅途中路遇的那家旅店，还有——那个人。记起与他秉烛夜谈，饮酒至醉，一起睡倒在旅店地板上的那个夜晚。是有多久，她不曾与人交心了？生活一度令她变得小心翼翼，日渐远离了昔日柔软的自己。一场旅行可以改变什么呢？或许，能让人放下心的负重，找回最真的自己。

无边的树海，大山脚下的房子。如诗一般的天与地。旅途中，人与旅店也讲究缘分。遇见那家旅店，是她旅途最好的安慰。而遇见他，是她旅途中最美的收获。她越发相信旁人常说的那句话——一切都是最好的安排。

二

城市笼罩在日光中，泛出一种平静又柔软的黄。楚小姐知道，秋天到了。她合上面前的书，起身离开办公桌，缓缓走向窗边，侧身倚靠。身边人来人往，每个人都看上去忙碌又热闹。而她，霎时觉得自己一颗心贫瘠又潦倒。这些年，她一个人生活，以寂寥抵抗聒噪。她望着窗外，迎面而来的，是一种从未有过的疏离感。那一刻，她做了一个决定。

要给自己放假，一个人去旅行。

郊外的僻静小路上，楚小姐徒步游逛。无尽的公路，绵密的霞光，厚重的层云。荒野的空气里，流动着一种至为孤独的平静。在这里，楚小姐觉得自己变得温和又清醒。她一路走，一路看。不时肆意奔跑，也会驻足拍照。从相机镜头里，她一寸一寸浏览着远景。极其遥远地，传来几声干净又通透的鸟鸣。映衬着她当下那一颗愈渐豁然的心。她第一次觉得，荒野之美真是广漠如迷。

几乎是毫无防备，她的相机镜头里出现了一个男人。他亦真还虚，越走越近。她不知道，此时此刻，还有谁会像她一般，能在这匆急的时光里，抽身而出，出现在这沉默的荒地。楚小姐不知为何，似是故意等待一样，一动不动，看着他缓缓靠近。他来到面前，又擦肩而过。可那一张脸，楚小姐似曾相识，总觉得在哪里见过。

三

那日，楚小姐站在旅店房间的阳台，看着远处无边的树海。突然，被一阵窸窣声响惊醒，仿佛是有人试图打开她房门的动静。她小心翼翼附耳靠近，却忽闻一声闷响，像是有人摔倒在地的声音。打开门，楚小姐低头一看，那人已醉得不省人事。她细细又看，大惊，竟然是他。原来是他。那一刻，楚小姐有些恍惚。

他，是从她的镜头里而来吗？
是知她孤寂，要来陪伴吗？
是她的幻觉吗？

她打电话去前台，得知他住楼上。她住1913。他住2013。大约他是醉酒之后走错楼层吧，楚小姐想。不过只是很小的一桩事，楚小姐当下并未在意。却不想，他是个有心之人。次日，他一番打听之后，竟来登门致谢。

他姓陆。

与她一样，他也是独自旅行。陆先生为表谢意，意欲邀请楚小姐去他的房间喝一杯。楚小姐是个内秀的人，平日与男子往来必定极有分寸。依照她的性情，陌生男子的邀约断然是不去理会的。但陆先生不同，他言谈举止皆透露出很好的素养，让人信任。因这一分的无来由的信任，以及内心深处难以回避的好奇，楚小姐应约前往。

楚小姐进门之后，陆先生只轻轻将门掩上，并未上锁。他是希望楚小姐放心，也算是佐证自己意图单纯。陆先生好教养，楚小姐心想。楚小姐原本想着，小酌两杯也就罢了。却不想二人聊天甚是投机，从旅行聊到电影，从电影聊到音乐，又从音乐聊到文学。酒逢知己千杯少，二人竟不知不觉，喝到醉。

旅途中最好的时光，也不过就是遇见世界上的另一个自己。能彼此信任，能秉烛夜谈，能醉哭醉笑又一起醉倒。后来，两人干脆席地而坐，最后一起躺在地板上睡着。对楚小姐来讲，这是相安无事的一夜，却也是有千军万马从心上呼啸而过的一夜。这一夜，令她有一种无与伦比的快乐。他是谁，已然不重要了。

世上，还有什么能比快乐更重要呢？

四

与陆先生熟识之后，二人决定结伴旅行。在别人看来，他们之间大概会有一个或许惊心动魄的爱情故事。其实没有。楚小姐知道，旅途中的心动是危险的。危险的事情，不会发生在楚小姐的身上。她有智慧，有眼光。所有的人都知道她成熟、冷静，但她更希望自己能够优雅、从

荒野的空气里，流动着一种至为孤独的平静。

旅途中最好的时光，也不过就是遇见世界上的另一个自己。

容。她绝不允许自己的一颗心动荡不安，这不是她想要的。而陆先生，给予了她足够的尊重。

后来，两人一起爬山。在山顶上，楚小姐与陆先生并肩齐坐，翻看自己的相机。楚小姐说："你知道我第一次看见你是在什么时候吗？"陆先生说："不是我醉酒那晚吗？"楚小姐说："不是。"听楚小姐这么一讲，陆先生忽然面色凝重起来，看上去十分不安的样子。楚小姐见状，心中掠过一丝疑虑，却也没有多想，便把相机递给楚先生，一边说："是在某处郊野，我在拍照，你突然就出现在我的镜头里。只不过你没有发现，我们就擦肩而过了。"看着楚小姐相机里自己虚化的身影，陆先生这才释怀一般地，重又轻松起来。

"不过，我总觉得你眼熟呢？好像在哪里见过。"楚小姐又说。"怎么会。如果见过，我一定会把你记住。你好看，又优雅，没有人会记不住。"陆先生说得十分诚恳。楚小姐一直觉得，男人赞赏女子，最好的词语就是"优雅"。楚小姐忽然觉得，面前的这个男子，或许是真的懂她。

只是遗憾，旅途总有尽头。

相拥告别时，楚小姐有些难过。

但是，那难过很淡，很淡。

淡得如同云光，落到山上就散开了。

五

在机场候机回家那天，楚小姐突然在包里发现一封信，署名“陆先生”。陆先生在信里说了许多令人意外的事。可是那些“意外”在信中被楚小姐读到的时候，她却十分平静。虽然那平静深处有一点惋惜，有一点伤感，也有一点安慰。

他们之间，初见不是陆先生醉酒，也不是郊野偶遇，而是在许久之前的一次商务会议中。陆先生和楚小姐分别是两家公司的出席代表。只是与会男女众多，要记住一个人，并不容易。

但陆先生例外。对楚小姐，他不单是记得，甚至有些念念不忘。一见钟情，大约就是这个意思吧。陆先生本想着，萍水相逢，楚小姐姿容过人，他一时心动也是情理中的事，或许时日久了，也就淡了。但，在这世间，我们唯一掌控不了的，就是自己的那颗心。

陆先生忘不掉楚小姐。

几经辗转，陆先生在同事朋友当中找到了与楚小姐有来往的人。可一打听，才知道楚小姐已离职旅行。好在，有人知道楚小姐的旅行目的地。陆先生是几乎访遍了当地所有的旅店，才找到了楚小姐的下榻之处。是，与楚小姐旅途中相遇，全不是偶然。只是这所有的预谋里，陆先生唯一没有料到的是，自己远没有自己想象的勇敢。

有一些话，他一直说不出口。

就好像，有一些路，也只能一个人走。

他们之间，或许这一段旅程，就是最好的结果。合上信的时候，楚小姐的航班即将起飞。她背着包，起身走进机舱的时候，忽然想起王家卫的电影《一代宗师》里的一句台词：人世间所有的相遇，都是久别重逢。想着，楚小姐的面上竟不知不觉微微有笑。她想要的生活也就是这些了：

一条温顺有灵气的大狗，

一座有落地窗能看到日出日落的房子，

一次比诗歌还要美的旅行。

（发表于《时尚COSMO》）

安妮宝贝

一

太阳每天都照常升起，
在烂醉的清晨。
像早前的天真梦想，
被时光损毁。

深夜十二点，下着雨。他坐在夜班公交最后一排靠窗的位置上。他有轻度近视，看不清司机背影。似是身处一辆无人驾驶的车上。车厢里空荡得仿佛会有回声。他倚靠在车窗边，把脸贴在冰凉的玻璃上，表情漠然。雨水从玻璃上滑落。轨迹短促、碎裂、匆急，鲜明也混乱。旧的线条迅疾地被新的覆没。整个城市雾水涟涟。充满了压抑。

他竟已旷课十四天。

此时，终是要去往学校。

二

小至认识Mino的时候是在他二十岁生日那天晚上。那一日，他像往常一样，中午起床，然后去吃饭。在书店翻掉两本高木直子的漫画。他记得那一天，他看的是《一个人住第五年》和《一个人的第一次》。

高木直子依然记得那些第一次。她四岁第一次走丢。七岁第一次表白。十六岁第一次漫画投稿。十七岁第一次在烧肉店打工。他开始回忆起自己的事，却突然不记得任何的第一次了。记忆是空白。

两年前，他遭遇车祸，记忆功能严重下降，耽误学习是意料之中的。更严重者，会有些故人无法相认。他的记忆力也是时好时坏。有时，可以记得几个月之前的某个夜晚与人交错的细节。有时，却记不起几分钟前说的话。遗忘或记住，竟不能自主。但这不是他的错，他常对自己说。

他记得那个夏天，空气十分干燥。他在医院里精神会恍惚，时常会出现幻听。每日，都有一个穿着宝蓝色连衣裙的女孩来看她，对他说很多温情脉脉的话。女孩常问，记起我是谁了吗？但他一直想不起。后来，女孩好像放弃了，再也没有去过医院。他还记得那些片语只言，却已记不起她的脸。

日暮时分，他从书店出来。学校里的学生已开始涌向食堂。但他完全没有食欲。不知道如何可以用这一天时间将自己内心日日重复的忧悒覆没掉。也不想回到寝室。穿过一条不平整的水泥马路，他来到学校的后门口。然后去了一家肮脏的小网吧。

他已经很久没有来过学校后面的这一块地方。学校因为建在郊区，只有这一片供娱乐的地方。一些商人小贩在这里建了饭店、溜冰场、桌球室、网吧、酒吧。学生们十分钟爱这一块地方，大部分时间都是人来人往，络绎不绝。但是他不喜欢。他觉得它肮脏、混乱、污浊。

他有洁癖，从身体到心理上都有。但是今天他竟然钻进了一个肮脏的小网吧。这在往日的他看来，定然是一件匪夷所思的事情。但是他今天却果真这么做了。似是冥冥中有指引的事。虽然他自己并没有知觉。

他下意识地将白衬衫往上撸了撸，然后再坐下，打开嗡嗡响的电脑。忽闪而出的耀眼白光刺痛了他的眼睛。他用力地眨了眨眼睛然后开始上网。他想跟人聊天。网络上的陌生人，因有距离，于是他觉得安全。后来，他进了一个聊天室。

他只记得自己刚刚进入聊天室，里面的人便纷纷退出。是这样令人绝望的一个巧合。让他在那个瞬间以为寂寞无法摆脱，有些惊慌。而最后，就只剩下了他们两个。他，还有她。他用的是实名，小至。她的网络ID叫Mino。

他还记得那些片语只言，却已记不起她的脸。

他知道，会等待你的人，无论多久，都会在那里。

三

你为什么不离开？

在等你跟我说话。

他开始在聊天室里说了第一句话。内心寂寞的人都是相似的，迟迟不愿离开聊天室的两个人都一定是想等到一个可以与之彻夜倾谈的人，来撕扯那些疾病似的孤独、失落甚至绝望。

后来短暂又漫长的时间里，他们聊了许多不着边际的话，却非常投机，似是经年不见的故人，聊起天来平顺自然，不会中断。深夜，能在网络上遇到一个愿意跟自己说话的女孩，他觉得非常好运，虽然他不知道她在哪里。她又何尝不是这样觉得。这样也好。

可是，某个瞬间，他却又忽然开始觉得，甚至相信，她就应该是和自己在同一个城市，甚至同一所学院，同一间网吧。网络总是这样的似近犹远、似是而非，带给人错觉、幻念和无法着落的深渊或者莫可名状的温情。

他觉得，彼此的气息已然渐渐散发被放大，弥漫进电脑里，似在沿着网络辐散到彼此的空间里。然后，慢慢渗进他们的身体里，发生着关联，直到他肠胃不适。

他感觉胃里有酸水上泛的时候，才记起这一天自己竟只吃了一顿饭。看了一眼电脑右下角的时间，已经是23:00。他对她说，我觉得饿，要出去吃点东西，还会回来，记得等我。他感觉说出这些话的时候，自己的身体里在发生一些化学反应。他向一个网络上的陌生女孩提出了要求。

他让她不要下线。

他让她等他。

他去了附近的一家麦当劳店。要了一只鸡腿、两只鸡翅、一个鸡肉卷和一大杯可乐。他的食量一直很大，只是大部分时间却又没有食欲。他不清楚原因，他时常觉得迟早有一天他会得胃癌。半夜胃痛到他脸色发白汗流浃背。昏过去。被无意闯进家门的盗贼送进医院里。最后没有被救活，死掉。一定是这样。

他不确定她会不会真的等他。这一顿饭他吃了四十五分钟。他也不清楚为什么会花去这么长久的时间。许是内心有一些令他不安的莫名期待，对一个网络那端的陌生人。又或者，只是因为他脑中总会出现滞顿的空白。将食物放到嘴边，止住动作忘记嚼。然后又回过神来，凶猛地将食物吃下去。周而复始地将时间浪费掉。他知道，会等待你的人，无论多久，都会在那里。

23:55。

他往那个小网吧的方向走去。他在这个陌生的城市没有朋友。从他记忆紊乱的那一刻起，他就知道自己接下来要面对大片大片孤独至死的生活。夜里总是失眠，失眠的感觉就像自杀。令他惶恐，甚至绝望。

他以为自己会渐渐习惯这种独自的生活方式。可是这一刻，他突然觉得自己在这个陌生城市生存得好尴尬。是，尴尬。冗长的时间和破碎的回忆一起温柔渗进他的身体里，然后又遽然变硬，长出锯齿，戳伤他。不停不停地戳伤，直至发炎化脓，再也结不出痂。

四

23:59。

他重新在那个肮脏的小网吧坐下。他心里隐隐有自信，觉得Mino真的会一直等着他。事实上，也确是如此。他忽然觉得在另一端打字的人一定认识他。自从记忆紊乱之后，他经常觉得善意对待自己的人一定都认识他。

你真的还在。
是，在等你。
你真好。

他第一次说别人好。太久没有人对他好了。连父母都似与他有了生疏，对他别无要求，但求平安。然后他突然想告诉她什么。是，他想告诉她，他的二十岁生日即将过掉。忽然，手机响起。

生日快乐。

他不认识那个号码。然后他看见手机上的时间跳到零点。就在这一刹那间的事情。他觉得自己胸口有一处柔软被戳破，淌出汩汩的鲜血，在身体里淌成一条汪盈的河流。他觉得自己不能呼吸。已经多久没有人过问他。他忽然觉得有东西要从瞳孔里溢出来。困惑变成恐惧。是恐惧。想哭，却又不能。

会是谁呢？他向Mino诚坦地讲了很多的话。最后他问她，会是谁

呢？谁会知道我的生日，我的电话？谁还记得，还会想起呢？是的，因他记住的人事太少，勉强维持又总是将人认错，将事情混淆。甚至，他一度觉得自己的记忆力已经完全不能维持学业，连生活也不可以。

是谁呢？

是我。

Mino说，是她。他以为是玩笑。于是，跳过那句话，再一次问她，会是谁呢？是我，她再次重复。小至，你离开之前告诉了我，你的生日和电话号码。刚刚的事情。

他立即拧开了一瓶冰冷的矿泉水，大口大口地喝下。他能听到那些液体灌进咽喉沿着食道流进胃里的声音。咕咚。咕咚。水的温度很低，刺激到胃部。他开始觉得胃部有点儿不太舒服。他想让自己冷静下来去好好地回忆他离开之前所发生的事。

但是。

但是，毫无用处。若是果真如她所说，那么，这又是一段不可触的记忆。他好似站在那一段光阴之外，努力睁大眼睛去辨认。但是，他什么也看不见。空气的温度也开始降低。他开始感觉到冷。

他说，哦。对，对，对。瞧我这记性。我告诉过你我的生日和手机号码。聊天记录被设置成自动清除，他无处查证。虽然他知道自己的问题又出现了，但他不想让她知道自己的问题所在。他的记忆果真是这么这么的不可靠。发过去一个笑脸，然后他心虚到打了一个寒战。他想立即奔出网吧跑进宿舍钻进被窝合上眼，睡死过去。

后来，她给他发过来一张她自己的照片。是一个非常清秀干净的女孩子，束起高高的马尾，穿着一身宝蓝色的连衣裙。看上去像是高中生的模样。她说，他们一样大。她也是二十岁。

他看着她的样子，心里温暖。是他喜欢的那一种女孩子。他露出笑，她看不见。后来，他也给她发过去自己的照片。是刚刚他在吃饭时用手机给自己拍的。嘴角还有鸡肉屑。然后她迟迟没有回应。头像并没有灰暗，他知道她还在。只是不愿意说话。他终于相信是自己的照片吓到了她。然后连忙道歉。她终于有了回应。不，不，不，你很好看。

特别好看，真的。

她说。

五

半月后。他们决定见面。那一天是个雨天。他并没有刻意装扮。白衬衫。牛仔裤。他站在225路公交车的站台，撑着一把酱色的雨伞等待十五分钟一班的公交车。是从这个偏僻的郊区去往市区的唯一一趟公交车。空气潮湿黏稠，但他等得十分有耐心。因为他高兴。对他来说，没有什么比睽违已久的高兴更重要的事情了。

雨天出行的师生非常少。他找到左排一个靠窗的位置坐下，隔着车窗玻璃向车外望。烟雨蒙蒙的街道，行人寂寥又落寞，面无神采步履匆急。唱片店里淌出John Mayer那首*Slow Dancing in A Burning Room*。他记得自己曾十分钟爱他的声线，十分钟爱这首歌。后来，他听恩雅了。

他依稀听见了两句歌词，“It's not a silly little moment. It's not the storm before the calm.”然后公交车开过去，他看见前方一个十字路口的绿灯还剩九秒。车在加速，抢在绿灯变红之前飞驰而过。稀薄惨淡的日光里，他觉得这城市依然冷漠。

半个小时之后，车到站。

他生怕自己又犯健忘的毛病，于是将约会的地点写在纸条上，一直握在手里。穿过一个十字路口，过一个天桥，他在百盛的门口等她。相约的时候，她说到时候自己会穿照片上那件宝蓝色的连衣裙。她说只要你可以清楚地记得我在照片里的模样，那么你一定认得出我。

晚上六点十分。他在约定时间前二十分钟到了百盛。他在百盛门口前的一个路灯下依靠着，一动不动。像一尊雕塑。面前是人来人往。但并没有人注意到他，在这个匆急聒噪的城市里。

六

在所有人的眼里，他是一个干净、乖顺的少年。他不逃课，不与人争执。仿佛是水做的，却又激不起丝毫的波澜。因为冷漠，也就无人靠近。但那是他们的事。

没有人知道他在想什么。他甚少与同宿舍的男生交流。他们热衷讨论的事情永远都是异性肉体，甚至包括与自己女朋友做爱的事情。这令他觉得索然无味，甚至有些不可思议。他丝毫没有参与的兴致，也许是他还没有恋爱过的缘故。至少，他不记得自己恋爱过。

他总是会不由自主地回忆起记忆里残存的不完整的碎片，因为那是他最后的东西。他一遍一遍地反复把玩，成为习惯。

他看见孱弱的少年被高年级的学生推倒在地上。他们把泥巴团往他的身上砸。他们故意将泥巴抹在他雪白的衬衫上。他一动不动，不哭不闹。他只是怔怔地盯着他们。他将他们的脸刻进了脑子里。他恨他们。

他看见少年委屈地站在办公室里。凶恶的女老师诬赖他作弊。他知道作弊的人是他的同桌，是她的女儿。他在众目睽睽之下被羞辱。他看见女教师将他的数学试卷撕得粉碎砸在他的身上。他一动不动，不哭不闹。他只是怔怔地盯着他们。他将他们的脸刻进了脑子里。他恨他们。

他看见少年被祖母揽在怀里，瘫痪的祖母用手挡住他的眼睛。他从祖母的手指缝里看见父母厮打在一起。一次，两次，直到祖母死为止。他一动不动，不哭不闹。他只是怔怔地盯着他们。他将他们的脸刻进了脑子里。他恨他们。

该记住的没有记住，该忘掉的却一直忘不了。他不记得是谁跟他说过这样的话，却清晰地记得那段话的内容：“所有人都以为幸福和快乐会在记忆里留下最深刻的印象。错了。那是幻觉。没有人知道，会刻进大脑皮层的往往都是伤害与苦难。那些美妙的画面反倒会被过滤掉。”事到如今，他才明白这个道理，世事残忍如斯。

晚上九点，她依然没有出现。

他转身走进百盛隔壁的麦当劳店。

继续等。

七

他坐在面对大街落地窗旁的一个位置上，呆呆地向外望。他一直都不担心她不会来。就如同那一次他十分确信她会在网络的另一端等他。他相信她。他连续喝了好几杯可乐。她依然没有出现，时间已是23:00，他开始有点瞌睡。

恍惚之中，他隐约再一次听见John Mayer的那首*Slow Dancing in A Burning Room*。“It's not a silly little moment. It's not the storm before the calm.”他隐约觉得有人在抚摸自己，但是他太困了，没有睁开眼。23:30，有人将他摇醒。是她。

对不起，我让你等了七个小时。

没关系，只不过七个小时而已。

清秀眉目，马尾，宝蓝色连衣裙。她静静地坐在他的对面，她对着他笑。他突然觉得他们之间是那么的亲切。太亲切。他再一次怀疑自己认识她。他不禁脱口而出，你是不是认识我？她仿佛被惊到，顿了一下，却没有作声。后来，她越过了这个话题，提议去附近的天桥。那里空气好。她说。

他走在她的左边，看着她。她比他矮大约半个头，身体很纤瘦，如同未发育的女童。因为瘦，显得干净利落，他喜欢这样子的人。后来她转过脸看他，他又在瞬间变得羞涩起来。她看见他脸红，笑出声来。

路上他为她买了一杯奶茶。然后，两个人走到附近的天桥，坐在天桥上背对着栏杆开始说话。他不是话多的人，可以与她分享的事情并不多。他的生活太简单。简单到可以一句带过也不显潦草。至于过去的，他实在记不清楚。他能记住的实在太少。

因此，大部分时间是她讲、他听。她是孤儿，在孤儿院长大，直到十二岁那一年才被一对中年夫妇领走。他们对她很好，但是他们出现得太晚。她不是病小孩。她依然会对任何她觉得好的人笑。但是，她已经无法亲近任何人。她停顿下来，望着他。他伸过手轻轻揽过她的腰。

后来，她跟他讲了一个男孩与女孩的故事。她说，男孩和女孩是高中同学。男孩干净沉默。女孩清冷骄傲，嘴角却挂着象征式的笑。只有男孩知道她内心盘桓的寂寞。因那孤独的笑，男孩便想对她好。

男孩出类拔萃，但是女孩理科不好，于是，高二分科，男孩随女孩一起报选了文科。男孩说，不放心你一个人在陌生的教室上课。女孩感动，说你真好。那是少男少女才会讲出来的话，听着矫情，却至纯至真。在一起也自然是顺理成章的事。他们常常出没在学校旁的护城河边，聊天、拥抱、接吻。空气里的幽淡花香令人刻骨铭心。

故事的结局有些老套。高考结束，男孩出了车祸，把女孩忘了。她就是那个女孩。她也曾试图让他记起点儿什么，因此日日在医院陪伴左右，只不过她所做的一切都是徒劳。仿佛是上天开的玩笑，眼睁睁看着男孩一点点儿远离自己，最后遗失不见。那是她至今最绝望的一段时光。陷入深渊一般险峻的黑暗里，仿佛随时会尸骨无寻。

故事讲完的时候，天就亮了。她一直怔怔望着他，仿佛在期待他的回应。而他，听完故事只觉遗憾。也不知是故事太老套的缘故，还是别的什么，他觉得故事之琐细十分熟稔，可一时又说不上到底是什么地方似曾相识。她对他的沉默似乎有些失望，明亮的眼神忽然便暗淡了下去。

时间倏忽便过。一夜过去，天光漫开的时候，她站起身来。牵了牵衣裙，准备离开。天亮说再见，他们在天桥上对彼此告别。就在她转过身离去的那一刻，他的心里忽然生出磅礴的惆怅。他有些不舍得她。他很想叫住她，但是没有。叫住了她，他又能说点儿什么呢？他不知道。

有些心动，因为太急于要得到它的功利，无法被证明。于是，也就得不到成立。大多数人的爱情，之所以寂寞，只是因为找不到对手。他知道自己不能因此变得匆忙、急促、丢失方寸。但因为她的缘故，他也忽然觉得，这城市之于自己而言，似乎终于有了不同。

她背影还在的时候，他就已如此想念她。

八

他们决定在一起，是在七天后的又一个雨天。他接到她的电话时，他仍像往常一样，正在书店翻漫画。然后他听到她说，我们恋爱吧。他的手机突然从手心里滑落，差一点摔到地上。却又意外地被他敏捷接住。他将手机再一次靠在耳边，顿了顿，他说，好。

他说，好，我们恋爱。

青春期的荷尔蒙总是令人冲动，是矫揉造作却又真切无比。也不知何时，他突然觉得，自己仿佛是她的提线木偶，她在远远隐隐牵动着那根线。好像，她一直掌控着他们两个人的局面。那天，他买了一本几米的漫画：《我的心中每天开出一朵花》。他准备送给她。这一天是十月十五日。

在旁人眼里，他虽有些冷漠、不合群，但却是一个乖顺、安稳的人。可事实并非如此。他心里住着一个叛逆、热烈、不顾一切的少年。他一直在找一个出口，将内心的壮丽释放。她便是他的那个出口。他们决定同居，各自搬离学校，住到一起。做出这个决定的时候，他觉得心安无比。

他们都是水做的人，有如同无。消失了，也没有人在意。在那一刻，整个世界只有他们彼此。他们不知道自己在做着这个世界上已经绝迹了的浪漫的事。不顾一切。绚丽盲目。凶猛肆意。灿然夺目。

他们租住的地方，离学校很远。某个居民小区的顶层复式楼，屋里非常干净。他们买来素色蔷薇花纹的壁纸将整个房间的墙壁贴了一遍。推开门，仿佛真的置身一片蔷薇花海，十分绚丽。

他们没有钱买新的床，就一起挤在房东原来留在屋子里的破旧单人床上。因为他们都瘦，所以也并不显得挤。小家不需要太多东西，他们买了必需的洗漱用品，然后就一起躺在床上，说话。

一天，两天，三天，四天，五天，六天。他们每天会清晨早起，一起吃豆浆油条。走在路上的时候，他们一定十指相扣，牵手不离。中午她会给他做饭吃。他喜欢吃她做的鱼。他不会做饭，总是斜倚在厨房的门边望着她，不由自主地笑。看她切菜，点火，倒油，翻炒。

是。这世界上大概没有什么能比这一刻的时光更重要。因为她的缘故，他甚至觉得世界刹那间变得焕然一新。他知道，她已成为他那一颗郁郁寡欢的少年之心最大的需要。少年们的爱情，总是不可一世。

晚饭过后，他们会像老夫妻一样去公园散步。他们完全没有都市里恋爱青年们的浮躁。他们觉得爱情里，平淡的温情才是最真的美好。他们会牵手，会拥抱，会抚摸，会亲吻。但从不越雷池半步。彼此都不觉得那是必须的事情，没有谁刻意。可是每次睡下之前，她都会对他说，亲爱的小至，你还从来没有说过你喜欢我呢。

他觉得委屈，却无法辩解。他总觉得自己好像是说过的，但是她坚持强调说，没有。可他分明记得自己讲过，一次两次三次，甚至十几次几十次。于是，他总回她，知道了。然后睡下。没有照她说的做。其实，他又觉得，说与不说都不是那么重要。爱情应该是内心深底之处的事情，不应当随时挂在嘴边。

在一起的第七日。

世事安然无恙，没有人知道自己生命当中突如其来的暴动会何时降临。那晚睡觉的时候，她如同往常一样，将头枕在他的右臂上，贴着他的胸口。她清晰地听着他的心跳。她一如常往地迷恋他如同潮汐起伏的呼吸声。她觉得那声音，辽远浩瀚。她突然又重复说，你还没有说过你喜欢我呢。她大概猜到了他即将的回答。她迅疾地伸出手指放在他的唇上。她示意他不要说话。她起身伏在了他的身上。

她开始亲吻他。

一株葱绿的植物将根植入板结的土地之下。土地开始松动，却无声息。植物如同得到默许般的扎下根。长出根须，迅速生长。终于，少年的身体和少女的身体连在了一起。她不知道羞涩清癯的他会如此用力如此凶猛。但她知道这是她希望的事，他做得没有半点不妥。

她很痛，她闭上了眼。她不愿意看见纯白的床单上盛开的一朵一朵鲜红罂粟。她会因为心痛而哭出声来。她不允许自己这样做。她终于完成了最后一次迎接。他伏在了她的身上，呼出一口炙热浓重的气。

他说，我喜欢你。

她说，谢谢你。

她慢慢撑开他的身体，他们的身体分离开来。她转过身去的那一刹，她微笑着淌出了眼泪。此时此刻的每一滴泪水，之于少女来说，是生命里璀璨的珍珠，绝世的钻石；是暹罗舍利，是梵天之眼；是生命里最珍贵的。她为他，为自己，觉得骄傲。

半夜，他沉睡在半梦半醒之间。他仿佛再一次看见十八岁那一年日夜守在病床旁边那个穿着宝蓝色连衣裙束起高高马尾的女孩。她蹲在他的床边抚摸他，她说，亲爱的小至，你认得我了吗，你想起我了吗。他说，对不起，我真的想不起来。他是真的想不起来。

少女的脸氤氲在十八岁的厚重阴翳里，然后散去。他突然觉得头疼，觉得心痛，挣扎着想爬起身来，但力不从心。终于，他再一次昏睡过去。

世事安然无恙，

没有人知道自己生命当中突如其来的暴动会何时降临。

她消失了，他的世界又一次无人问津，

他的世界再一次无依无靠。

九

亲爱的小至，你认得我了吗，你想起我了吗。

对不起，我真的想不起来。

梦中。他看见少女拉着少年的手走在苍翠的草场上。他看见少女拉着少年的手吹灭生日蜡烛。他看见少女吃完冰激凌的嘴角还有一点儿奶酪。他看见少女靠在少年的肩膀上一直不停地发自肺腑地笑。他看见少年躺在公路中间，他看见少女不知所措、歇斯底里地哭叫。他突然觉得头痛剧烈，是撕心裂肺的那一种。他看见光暗掉，少女消失不见。他突然如同被剐去掌心的肉一般痛到尖叫。

他猛然惊醒，窗外是深渊一般的黑暗。他睡眼惺忪地环顾四周，仿佛世界有了什么不一样。他下意识地伸出手抚摸右手边的位置。空荡的床单上已经没有人。他如同被一记狠狠的耳光打到振聋发聩。他睁开眼，世界刹那灰暗掉。

她出现得无声无息，消失也只是瞬间的事。她如同一场美丽的幻觉。来无影去无踪。他觉得自己会再也看不见她。他拾起床单上她遗留下的照片。宝蓝色连衣裙，高高的马尾，干净秀丽的脸。他看见照片背后她用隽秀的字体写下的话——

亲爱的小至，你认得我了吗，你想起我了吗？

要你爱上我，再来离开你。

你痛，才会记得我。

寂静无声的世界里，有一间空荡的房间，少年穿着白衬衣坐在墙角蜷缩起身体。不可知的远方隐约传来惑众的声响。“It's not a silly little moment. It's not the storm before the calm.” John Mayer, *Slow Dancing in A Burning Room*。妖娆，苦涩，支离破碎。不知哪里传来这首歌，被他再一次听到。她消失了，他的世界又一次无人问津，他的世界再一次无依无靠。他只能等。

第一天。等。未进食，哭到喉咙沙哑。

第二天。等。失眠，坐在阳台看天。一整夜。

第三天。等。噩梦萦绕。孤独至死的感觉。

第四天。等。闭锁房门，昏睡一日。

第五天。等。听了一日*Slow Dancing in A Burning Room*。

第六天。等。出门游走，看了一场露天电影。

第七天。等。一个踉跄摔倒在地，额头撞在墙角。昏迷。

醒来时，他依然躺在地板上，月光覆在身体上。然后，他脑中闪现出无数破碎的画面，慢慢、慢慢拼凑出了一个完整的从前。曾经，她这样对他说：“所有人都以为幸福和快乐会在记忆里留下最深刻的印象。错了。那是幻觉。没有人知道，会刻进大脑皮层的往往都是伤害与苦难。那些美妙的画面反倒会被过滤掉。”

她选择离开，义无反顾决绝冷酷地离开。因为她觉得，只有这样，因这痛，他或许才会记得她。记住，永远地，再也忘不了。他终于哭出声来，也终于，完完整整地记起了她。

以前的，后来的。
这少女。

十

深夜的世界似幽深的山谷。
少年流浪在大街上，像被赞美的潦倒诗人。
不顾一切地疯跑。边哭边笑。

对着喧嚣的酒吧，对着肮脏的地下通道，
对着广深的公路，对着古老的天桥，
对着流浪狗，对着流浪猫，对着乞丐，对着流浪歌手的情人，
对着右耳戴耳钉的男人，对着长发的女人，
对着浮云，对着日光，对着星辰，对着深夜失眠的眼神，
对着陌生人的脸，对着空气，对着花朵，对着掌心，
对着一场暴烈骤雨，对着一场雷鸣闪电，
对着天空，对着大地，
对着这个苍白落寞孤独至死的城市。

深夜十二点，下着雨。他终于决定，离开。他关上门，下楼。背着那个大红色的旅行包，上了公交车，他坐在夜班公交车最后一排靠窗的位置上。他在往回。往回走，穿过幽暗隧道，回到最初的最初，回到记忆深处。重新开始，慢慢变老。这一刻，他只想回到学校里，回到那个并不温暖的宿舍里。

睡一觉。然后去寻找。

注：此文作于我十几岁的时候，一个不知天高地厚自以为是却又实在茂盛美好的年纪。那时候，我还写了《浮光》和《柢年》。都是少年文章，青涩幼嫩，支离破碎，请多见谅。以此见证，少年时初初读到安妮宝贝并为之沉迷而争相模仿的那一段时光，可能事后很多人又因这样、那样的缘故来矢口否认甚至挖苦诋毁她。恰如，你我终将逝去却又令人百感交集、爱恨交加的青春。题为《安妮宝贝》，是为纪念。

深夜的世界似幽深的山谷。

一 孤独、童贞与其他

一

少年们的情欲是最美的。

二

他叫尹信良。

随母姓，与之相依为命，在小镇生活了十二年。母亲与他并无血缘关系，捡到他时，她三十岁，已孤寡十年。彼时，他却方才出世。被弃之时，尚未满月，赤色襁褓当中书有生辰八字。仅此而已。

正如母亲教育他的，宿命这件事，世人皆不可违。他亦是相信“宿命”二字的。这简简单单的两个字当中所含蕴的是是非非，似近又远，似实而虚。之于尹信良而言，它是一种苦、一种悲。是一种失去和获得。

但他也幸运。因他生来骨子里就有一束光，为人积极、明朗。这是命运对他唯一也是最重要的关照。即便余生不离苦不离悲，因这束光，他便心中有信。信一切苦难，都是获得。因这信，他便注定可以平安度过一生，无论历经多少苦难。

母亲的故事他并不知。只是幼年开始至今，偶尔会从小镇的妇人们嘴里听来片段。克夫、丧子，孤僻、古怪，与人无交。如是而已。但又如何，全世界都弃绝他的时候，她依旧温柔将他捡拾回家，悉心照料，让他健康长大。这样的恩慈，不是谁都可以倾付在另一个与自己毫无关联的生命上的。

所以，母亲之于他来说，便是一种根基，一种生之源力的所在。因此，母亲讲给他听的道理，他都一一记到心底，刻进骨血当中。

九岁那一年，他被同学欺辱，推倒在泥潭里，狼狈回家，母亲无话，只是默默将他的脏衣脱下，帮他洗了一个热水澡。彼时家中清贫，尹信良的外衣亦不过只有一换一洗的两件。因旧的前一日换下洗过正在屋外晾晒，身上这一件脏了之后，便没有干净衣服可以再换。

也不知母亲是从哪里摸索出来一件成年男子的洁白衬衣。已经穿旧，却是那样服帖。将尹信良的幼小身体包裹得严实。尹信良那一夜也出奇睡得安稳，总隐约能闻见衣服上的肥皂香气。

母亲说，其实很多事，忍一忍，忍一忍就过去了。时间久了，他们也就不会再那么关注你了。没有人敌得过时间的。再深刻的人事情故都有被淡忘的一日，又何况是原本即与他们关联不大的呢。到那个时候，自然也就不会有人再欺负你了。

人一生，都有各自执念的一些事。

比如，尹信良始终认为，母亲说的总应该是对的。多年之后，尹信良忆起这些的时候，才恍然明白，母亲这一世大约就是极力地去躲，去藏，去避，方才绕开了那些纷扰和喧嚣，方才持守住了内心那一点儿凉薄的爱与喜。

他知道母亲心里有一个男人。许是小镇上流传的那个被她克死的男人，许不是。但一定是有那么一个男人住在她心里，不曾淡却，生死相随的。亦正是心底的那一点儿情之星爱之火，她方才得以获得力量独自隐忍生活多年。

纵后来有尹信良相伴，她内心为那人留守的那一处孤独也定然是始终未曾被任何人触碰过的。一如，虞迦之之于尹信良。

没有人敌得过时间的。再深刻的人事情故都有被淡忘的一日。

固然这不能叫作甜蜜，但却着实令他是有一些欢喜的。

三

初见虞迦之，尹信良十二岁。小学毕业的那年暑假。彼时他年岁尚小，大约也是不知深爱为何。若是有女子能让他注目，又对他好，之于他一般年岁的少年而言，心里便就很容易生发一种喜欢的。

尹信良与母亲住在一个旧式职工院宅中的唯一一间平房里。平房在院中宿舍楼的前方，并与其他建筑隔开了一段距离，十分突兀。却也因此，闲时的尹信良便常坐在屋内观望来往路人。

他母亲兼工数份，十分辛苦。因此，平日里她会在早晨出门之前将一日的饭食准备好，然后叮嘱尹信良中午晚上自己热好来吃。晚上回家时，常是十一二点，有时他已睡下。

那日下午，他伏在桌上，盯住窗外。身后是家中锈迹斑驳的旧损落地风扇发出吱呀声响，伴随微风。这样的下午果真再寻常不过。视线里来去的人亦不过都是熟识已久的院里人。

原本不过是寻常一日，寻常到没有任何因由需要将那日记住。却因了虞迦之，他竟将这一日深深又深深地刻进了少年往事当中。犹似图腾，不可动摇地矗立在记忆深处，成了他爱之童贞。只是一刹那，她便入了他的眼，少年的、童真的眼。

是那样妖丽虚妄的一个身影，倏忽便不见。他隐约见得她有一束马尾束在脑后，白色连衣裙上缀有天蓝色细碎小花。日光越过她，照进他的眼中。她便在他眼里越发迷离。

他也不知为何，下意识便站起来追出去看她。少年心对陌生人总有一种亲疏交织的情愫在。少年的好奇心里理应是有一种欲求在的吧。至少，尹信良初见虞迦之的第一眼是这样。

那时，虞迦之十八岁，正是风光好年华。她不是小镇上的人，是从城里来亲戚家暂住休假的。这是后来的一个月里，他与虞迦之熟识之后方才了解到的。

彼时，他匆匆便跃出了门，向着她去的方向走，直至捕捉到她的背影方才止步。他看着她进入平房后的楼栋，然后上楼，再上楼，进了三楼楼梯右侧的第二间房，并且没有再出来。旧时的公寓楼走廊都是露天的，在楼下都是可以清晰看见门户的。

当下的尹信良，一颗微壮的少年心里竟有了欢愉。就那么一点，不多不少，滋生在心里。也就那么一瞬。固然这不能叫作甜蜜，但却着实令他是有一些欢喜的，因他知道了，她住在哪里。

之后，因为他不知她几时出门或是几时归来，便只好依照那一日她回来的时间去等，去看，去捉影，去驻望，去窃得一丝不可名状不知所

以的喜。如是再三，终被虞迦之发现——有一个美丽少年日日倚在那间平房的窗旁看她。是那样眉清目秀的一个男孩。

若不是那日他的母亲早晨做工出门时忘了准备饭食，许这一世，尹信良与虞迦之也就只能是这样一个山脚一个云端两相无交了。

那日中午，尹信良准备去厨房给自己热饭，却发现锅中空无一物。猜想是母亲偶然遗忘，正当不知如何解决饭食的问题时，虞迦之拎着饭菜推门而入。是，从来没有一个时刻，让尹信良怯懦至此。从来没有。他竟忽然之间不敢开口。似是生怕一说话，便将她惊走。

他就那么看着她，一言不发。彼时，这世界都仿佛为了这少年忽然静了下来。任何尘间人事都不能发声，且都一并退去，唯剩他立在世界中央。在光束下，看着他面前年长他六岁的白衣少女，两片酡红飞上脸颊。直等到她先说话。

你是尹信良？对，是你。她对他说的最初的话。一字一字，都刻在脑子里，清清楚楚，纵多年之后回想，也是如昨日对谈。

虞迦之又说，姨娘让我给你送些饭菜，说是你的母亲今日忘了准备，打电话来托付的。尹信良这才想起，虞迦之所说的姨娘跟母亲在一处做工。只是她的姨娘不似他母亲勤苦，中午下班便回家。而他母亲总是额外揽些事情挣些微薄外快。将一日光阴用尽才罢。

初见如斯。
就是这样了。

日光越过她，照进他的眼中。她便在他眼里越发迷离。

他与她，也早如春花，各自散落在彼此永不可知的海角天涯。

无失，无忘。

四

南方夏日炎热。虞迦之的姨娘家中条件较好，彼时已有空调两台。自那次虞迦之送饭给他，见少年尹信良汗流浃背地站在尹家那一台旧损的落地风扇旁，便心生恻然，时时邀尹信良去姨娘家中祛暑。

彼时，尹信良小学毕业，虞迦之高中毕业，都是有三个月的假期。一来二去，两人便熟识起来。起初，尹信良乖顺地唤虞迦之“迦之姐姐”。

虞迦之亦只觉眼下的少年长得清秀，甚至美，当作幼弟一样对待。虽她隐隐知觉到，这少年是与旁人不一样的。虞迦之心里对这少年是无爱可言的。喜欢亦不存在。只是自那一次发现尹信良观望自己之后，会偶尔想起这个内心幽深如河的少年来。

尹信良发育得早，十二岁，却已有近一百七十公分的身高。这一点，显然是继承自那不可追溯的生身父母身上。虞迦之又恰巧生得单薄，十八岁的少女身，却又看似豆蔻年纪，加上一张精致小脸，便愈发让人觉得清美。

所以，这样的一双人坐在一起聊天说话，旁人看在眼里定觉当中是无限深意。谁会知道，他与她，是这样不够亲密的关系。对，他们之间只是熟识，并不亲密。

可是，尹信良，就这样莽撞又无知地受少年身体里的荷尔蒙驱使。他也是无法，他却总以少年之姿，跃跃欲试，想要靠近她。每次与她说话时，便觉她似一片深海，时时想要将他覆没、吞噬，不留残骸。并且，他又是如此甘愿。

她读的书，他从未见过。她听的音乐，他从未听过。她穿的衣服，小镇上的女子从未有过。她的每一次撩发。她每一次似有似无的笑。她每一回轻巧的转身。她缀有蓝色碎花的白色衣裙。她束在脑后的窈窕马尾。她说的每一句话。她唤他时每一次的“信良”之声。他过目经耳，便就存进脑中，深刻且鲜活，时时都可拿出翻阅。

八月末一日。日光毒辣，酷热难扛。她想起来他，于是推门躬身伏在围栏上，探出身子在楼上唤他：信良，信良。

他听她叫自己。便瞬间如上发条，箭步出门。每冲至虞迦之处，他都已是吁吁气喘。也总在这个时候，虞迦之能隐约嗅到这少年身上早熟的荷尔蒙气息。会有不自知的那么几个瞬间，虞迦之会因那少年身上独有的气息略微恍惚。但也只是倏忽即逝的刹那而已。

虞迦之不拘小节，在家时，便随意套上宽大T恤，穿单薄短裤。会将头发绾成一个髻随意别在脑后。洒然又清落。有着另一副潇洒模样。女子一旦潇洒起来，总是会无端多出几分媚。但是这媚，不在形，在神。纵少年如尹信良，未必完全懂得当中的好，却天然也会有心动。

那日，他一直待在虞迦之的屋里。两人零落说着话，多是虞迦之说，尹信良听。听她说小镇之外他闻所未闻之事。书的事，音乐的事。生的事，死的事。还有情的爱的男女之间细微的事。虞迦之说得小心并且克制，只是想着，告诉面前的信良小弟一些他许有兴趣知道的事。

后来，虞迦之又唱起歌来。是尹信良没有听过并且无法听懂的法语歌。她站起身来，走到窗边，探出小半个身子，似无旁人在地放肆唱出声来。又或者，她是真的已经将尹信良当成亲近的人了。并不在意在这少年面前坦露更多的自己。

日光覆在她身，蔓入他的眼。他忽然心中抽搐，想上前拥住她。但是并没有，他只是轻轻唤了她一句：迦之姐姐。

五

再过几日，尹信良得知虞迦之要回城。她临行的前一夜，独自在家的尹信良不能自制地倒在床上哭出声来，心痛如死。那一夜，世界都似因他哀静，凌晨时分，下起倾盆大雨。尹信良一夜无眠。

次日，母亲出门之后，他便随即起身跑去了虞迦之的姨娘家，在门口席地坐下，等着。他是一刻也不敢耽搁，生怕稍有迟疑，便要将她错过。其实，他已听说，她即将远赴北欧留学。这一走，大约就是再不能见。

两个小时之后，虞迦之推开了门。

大雨越过三楼的围栏，将尹信良的少年身体里外浸透。一张苍白却又极美的脸，一双布满血丝却目光如炬的眸。他似是深潭里浮跃出的鬼魅，却又是那么不动声色，似是告之世人，他纵是鬼魅，也是与人无害的。是，就是那一刻，虞迦之心里有了惊动。剧烈，持久，直到令她不安。

信良，信良。

她依然这样唤他。她收起伞，将他扶起，一起湿透。在这个沧桑小镇一幢静默无声的古旧宅楼的走廊上。一个十二岁的少年，与一个十八岁的少女目光交会，内心如煮。分明有一瞬默契，分明有刹那美好，却又是那样危险。且注定无疾而终。

后来，尹信良为虞迦之撑伞，送她上车，看她离去。一路上，二人一言不发，似是交识多年的恋侣，静默厮守。那是他与她之间的无声末世。她上车时，转身看他，他向她微笑、招手、说再见。因在落雨，她便注定无法看见他眸中涌出的心碎、伤绝。

彼时，他太年幼，年幼到连一个联系方式也不知道索要。彼时，他不知进，不知退，不知攻，不知守，所有的欢、喜、爱、欲，之于他，都是极危险的。他并没有掌控的能力。他只知道，从她住处，窃她一张照。

仅此而已。

六

三年后，他十五岁。某日，他整理书籍，字典里掉出了虞迦之的那张照片。他端凝许久，竟不知觉，脸色羞红。彼时，他与她，这么近，却又是那么远。

是夜，他不知何故，突然少年身体里生出一股热，一道力，一种欲。他竟手持虞迦之的照片，完成了自己生命里的第一次手事。那些只属于少年的无名之情、无名之喜、无名之欢、无名之爱，随着他的那一刹冲锋一并闯出了身体，崩塌在那夜的月光照耀下。

对于虞迦之，他终有一日将不再爱。他会长大，变强壮，经历世情，并将真正拥有一个甚至很多的女人。但是，虞迦之在他的心里将恒久占据一个位置，不淡不暗，不能忘。

而今，再回想。竟已时隔这么多年。他与她，也早如春花，各自散落在彼此永不可知的海角天涯。无失，无忘。其实，尹信良从不觉得遗憾。他始终认为：

一切形式的爱之体验皆有它的意义在。

人一生，都有各自执念的一些事。

一人时已尽，人世很长

一

她遇到顾晏生时，也不曾料想，一切会变成如今的模样。

她确知自己也不想弄成这样，只是已无路。

她是叶惜之。

二

那些时年，如同伤疤，刻在她的生命里、记忆中，根深蒂固如胎印。以至于有时候她会以为，自己这一生就是专门来受苦的。理所应当。叶惜之幼年时，双亲离异。母亲寡情，于是她跟着父亲过。只是父亲也不是一个温良的人。他性情暴躁，好赌成瘾。若是赌输，她定然是要挨他的打的。

只是这一些身体伤害持续的时间并不久，因为他后来娶回了一个女人，也就是叶惜之的继母。女人对叶惜之很好，这是所有人都没有预料到的事，包括叶惜之自己。

所以，有时候，当叶惜之想到——那个与她原本隔着万水千山的陌生女人，那个她始终都无力对她施舍半点好却仍旧舍了命要对自己好的女人时，也会以为，自己并不是一个运恶至极的人。

只是少年的光阴里，她与女人始终无法走得太近。她知，女人没有问题，是自己有问题。她每每看见女人，便心生一种与生俱来的疏离感。似是命定的一种隔膜。她没有能力捅破。并且，她认为自己成全女人的温柔相对，便已是自己对女人可以付出的一种竭尽所能的好。

生命中总会出现许多脸孔，有一些温柔和善，有一些狰狞可怖，而叶惜之，是最冷漠的那一个。当然，她并不想这样。

最终选择离家出走还是因为父亲似乎永不罢休的那些话。他不知何时起竟热衷将那些赶她走的话挂在嘴边，也不知是真意还是其他。是，他确确实实即是那样一个霸道并且蛮不讲理的男人。粗野至极，顽劣至极，自私至极。但是，即便如此，叶惜之也无法恨他。无法。

较之于生母，弃绝她的那个人而言，这个内心简陋的男人已给予了她太多恩惠。他从来不曾离弃她，无论是他内心之忠，抑或是情势所逼，也已过了这么多年。她有饭吃，即便是粗茶淡饭。她有衣穿，哪怕是老旧不堪。他也带着她过来了。就因他的不离，她便不能恨。但要说爱，恐怕也很勉强。

亦是因为这一点，她到底不能接受有一日他将赶她走的话挂在嘴边当成日常的事。他所有的恶习她都觉得无碍，唯独这一点不行。因她内心有一盏灯，不惧风涛。但仅仅一个字，就能将之打碎，不能重明。那便是——“滚”。

他让她滚。

于是那一日，她终于连夜翻墙离去。无声无息，没有告别。她给他留足了面子，却不留丝毫回环余地。走得干干净净，彻彻底底。她原本就觉得自己是没有家的。家不是一个居所，不是一个下榻的地方，家必须有爱，将人的感情集汇浓凝，形成一种磁场，将彼此的生机咬合，成为一个整体，才叫“家”。

这么多年来，她希望父亲待她好一些，父亲却没有，继母待她视如己出，她又无法接受。在矛盾、纠结、无比孤独的负重之下，她渐渐也就不得不长成一个孤绝、疏离、尖苛、不懂讨好的女子。这一年，她十五岁。

有些事情太深刻。带着触目惊心的锥心之痛。愈想忘，便愈刻骨。她十五岁只身离开四川老家，去往了深圳。之后是广州，上海，北京。然后是西安，长沙。之后又一次去到北京。似无脚飞鸟，居是流离。

她差一年才读完高中，所以没有学历。她要活，所以做过的事情多到不能计数。她竟卖过身。她时常会觉得自己的这些年，犹如一场黑暗电影。偶有光明，也是瞬间，之后，便又是无昼的黑暗。就好像世界再大，她却只能立足在悬崖上的方寸之石上，身后眼前皆是渊池深海，仿佛时刻会将她溺毙。

何为活。大约就是走过的路途之上留下的痕迹，在未来提醒自己，一而再再而三体知那一些湮没在时光深处的感受。无奈欢喜已薄，只能反反复复地烈痛着。如此，你才知道，自己是活着的。这一点，叶惜之深有体会。

若干年后的某一夜，在黑暗的房间里那张洁白的大床上，她曾躺在顾晏生的手臂上，将往事一一阅过，让他把自己记忆的单薄骨骼触摸清楚。这其中，隐藏的不是她记忆之痛，而是他绝不知的，她灵魂的交付。

时光是深邃的，人世颠簸的所有都不过是这一条河流里逡巡而过的泥沙。各自有命，却终究归于寂灭，无声无息。长成一个铿锵女子，并不是她所愿。只是无法，一切的发生，都是因缘和合的结果。正如二十一岁那年，叶惜之遇到顾晏生。

也是如此。

三

顾晏生。

顾，晏，生。

如此凉舌的三个字，于不经意入了叶惜之的眼，便烙了印，再没有淡却。她以为自己酷冷得没有漏洞，却到底还是有意无意留了一个隐蔽的出口。于是，他有了机会，来惊动她，再蛊惑她，最后撕开她的包衣，弄到重伤，弄到濒死，弄到万劫不复。至于，那爱后余生的那一些悲喜福祸，经年之后，谁还记得。

有一些事情，原本即是无有对错。

谁也不能评断。

她是在离开上海去往北京的火车上遇到的他。那日，她拖着疲乏受伤的身体跟着散发出异味的拥挤人潮在火车站排队检票。背着十五岁那年从家带出来始终跟随着她的那个破旧牛仔背包，这是她多年来流离在外唯一的行李。她知道自己生性凉薄，亦缺乏担当，所以她每次辗转都要弃离那一些无关未来的日常。她买的是慢车的站票。

二十二小时的时间，她一直蜷缩在车厢连接的过道里。地上铺了一张她准备扔掉的毯子，她不知自己是何时将那条毯子装进包里的，大约是走得太匆急，所以忘了丢掉。这么多年来，她要的，不愿丢掉的东西，越来越少。当她不小心陷入记忆片刻，她竟忍不住转身将头抵在车厢的门上，流出泪来。但也只是两三滴，擦干，便不再有。

她将背包抵在大腿与胸口之间。也不睡觉，也不抬头，只是闭眼，一动不动。六年，她兀自念叨了一句。脑中迅速闪过一个画面。六年前，她离家翻墙的时候跳到了一块碎玻璃上，割了脚，那块玻璃很小，却刺得很深。她咬牙，生生用手将玻璃从肉里拔了出来，随便包扎了一下。伤口痛得她汗流浃背，却始终不吭一声。抬头看天时，忽然心里生了怯。天太深，只有微光两三点。

来日大约是会刮风下雨的吧。

六年。已六年。那些卑微又孤伶的往事，声势浩大地清晰浮现，在她的内心深处摇摇欲坠，晃动得愈来愈剧烈。她想，她到底还是逃不过去的吧。做尽一切，也否决不了，这世上，依然有一个破碎的地方有几个人是与她息息相关的。

叶惜之。
叶惜之。
叶惜之。

她神恍之中，仿佛听见有人在暗处唤她。声音低迷又蛊惑，然后她便看见有一片黑暗迅猛地朝她覆来，蔓延至眉间，然后世界变得狭仄，似要将她压碎。惊动醒来的时候，她才发现自己刚才不知觉已睡着。再回过神来的时候才意识到，忽觉空间狭仄是有原因的。他不知何时出现，更不知何时挨着她也挤在了过道的一侧门边，睡着。

叶惜之没有叫醒他，反而将身体缩得更紧。似是下意识地要为他腾出一些地方来。彼时，她不过只是侧目看了他一眼。

他与她用相同的姿势抱膝蜷坐，然后面向叶惜之将头枕在手臂上睡觉。彼时，她与他身体相贴，未有分毫距离，她从未如此近距离地端凝一个男人的脸。以前她曾与陌生男人做爱，但她始终闭目，不愿去看那些庸恶的面目。她知，那些人与她之间不过只是进行各取所需的交易，她并不需要投注感情。她觉得定睛端凝一个男人是需要放入感情的。

至少，要有放入感情的准备。

他浓眉，薄唇，皮肤白净。鼻梁上架着黑框眼镜。不属于极好看的那一种，却极有味道。男人要有味道，大约比女人更困难。叶惜之始终觉得女人是比男人高级的动物，生性柔腻，思维杳渺，总是活得更深入，更用力。也就更容易生出一些味道。

也就是刹那而已，她心里有过一丝温柔。莫名的，亦是稍纵即逝的。但她也不以为然。彼时，叶惜之只是在想，这个衣着光艳大约有些背景的年轻男人因何要坐这绿皮慢车，又与她这般的落魄人挤在过道。仅此而已。

后来不知何时，叶惜之再一次睡去，等她第二次醒来时，他已不在。竟发现自己的身上被披上了衣裳，是他之前身上的那一件米色外套。就是一瞬间的事，她把脸埋进双腿之间，隐隐哭出一些声来。

六年了。炎凉在世，她未曾遇到半分暖。这人心不稳的世道，她原本即是以苦行的姿态入世，于是也就不失望。只是习惯。那些逡巡而过的路人，谁也不曾在她身上遗下半寸温柔目光。谁都忘了，至今，她也不过只是二十一岁的小女子。

又或者，她哭是因为想起了储凉凛。只有那个叫作储凉凛的男人，真的对她好过。是有那么几刻，她真的怀念起昨夜自己不告而别的那个男人，储凉凛。

待她声息渐弱时，他一点一点穿过拥挤喧闹肮脏的车厢，手里端着一杯冒着气的热水，再次回到她的身边。他站在她的面前，目不转睛地俯视着她。然后，他开口说了话。那声音，仿佛自幽深谷底升起，穿越黑暗，像一束光，朝她蔓延而来。

你醒了？

四

谁未曾有过潮湿颓靡的黑暗过往。

谁又未曾把一回绝望的爱当成黑暗里的光。

在火车上，她与他度过的那二十二个小时，在叶惜之的生命里是钝重有声的，并且在她的灵魂里发出了不绝断的回响，响了很多年，甚至将是一生。叶惜之对于他的出现措手不及。

彼时，她恍惚之间只觉得，自己原本是那个冷漠假装知悉自己天性里所有漏缺的孤绝女子，却在他降临的霎时间被打回了原形，变成了最初那个瞳色清宁对生活尚有期盼渴诉的女童。她自知自己是个危险的人，他却不知她的危险，盲眼靠近。此刻亦忽然觉得，他也是危险极了的。

这个叫作顾晏生的男人。

她也不知，她何以便愿意听他说话，并给予回应。如若是因为感动，那么她内心的温柔也不过仅限于那一件外套。并无更多。所以，当他开始未唤她全名，单单叫了一句“惜之”时，她便猛然间恢复了冷漠，将那件外套脱下塞还给了他。她觉得，他已越雷池，令自己开始剧烈地不安起来。

如果他也就此作罢，再无多话，大约彼此之间也就不会发生任何的意外。但他偏偏没有，也是生性里有一种强硬和霸道在。她愈是莫名不理，他便愈加觉得有趣，反倒愈想亲近，毫无罢休之意。是这样自私又蛮横的两个人。

在他喋喋不休而她又忍无可忍准备起身离开的时候，他骨子里的硬气瞬间迸涌。他一把将她拉住，拽回到身边。你何以如此冷漠？纵不投机，也不至此。你实在是令我生气，他说。她却依旧沉默。她不答。

哪里是不投机。她是怕自己万劫不复。这些年，虽艰辛，却也着实静定。生活在底层，独自一人，看惯阴暗潮湿的无光之境，纵光阴狼藉，她亦已然觉得自己修炼出一身百毒不侵的本事，大可无欲无求自由地安活余世。而心，早已闭锁。她最渴望的也是最抵触的，就是有人对她好。

一切感情的发生都需要契机，不是所有的人都可以四目相望就果真可以情定。若不是这一夜顾晏生不管不顾地想要与她建立某种联系，她也是可以说服自己相信与他不过是萍水相逢、烟云转瞬，与寻常的机遇并无二致。更不提纪念。

其实，他并不确定自己要与她发生什么。只觉自己不应被人冷漠对待，不知如何释然，于是他以进为退，挽回几分势气。他内心竟又是如此狭隘。却不知，这一靠近，即是扑火。也非是无有犹疑，但他怔了良久，终究是向她迈了步。后来，顾晏生忆及这段事，也知，与她，是自己主动。是自己勾引了她。

他对她说话时虽没有任何探寻的意思在，但那些莫名的关切却也是有失分寸。也不知是他一眼将她看穿，知道她是不愿被旁人探寻的女子，还是他侥幸地咬合了她的缺需。就连关切，她需索得也是那么隐蔽，隐蔽到甚或连她自己也不确知。

如果，叶惜之自始至终不做丝毫退让，不去答他，也会相安无事。但她内心那一座憔悴的城池终究没有抵得过他的三千良言，某个不经意的瞬间，坍圮颓尽。她想，自己之所以依旧能被打动，大概说明自己的内心深处始终残存一丝光亮，并非是自己以为的那般绝望。只是那光，隐藏得太隐蔽，以至于叶惜之从未察觉。

他问她蜷缩这么久，是否累。
他问她为何这样瘦。
他问她独自在外过得可好。
他又说与其孤子流离，不如找个人一起过。

找个人一起过。
可以吗？

她终于说了话。

生命中总会出现许多脸孔，有一些温柔和善，有一些狰狞可怖。

有一些事情，原本即是无有对错。

五

有那么一瞬间，叶惜之内心忽觉惊动不安。那一些温柔的话，遇见他之前，过了有多久，她从未曾听过。她只是笑。是冷笑。也是自嘲。至那一刻，她忽然在想，是不是自己果真尚存一丝运气，还有一点儿的可能，去找到一个人，然后过一生。结束此前种种灰暗不堪的过往。不再做孤鸟。

人与人之间是有一些磁场的。哪一些人，你将与之发生关联。哪一些人，注定擦肩而过回首依旧是路人。自己是有预感的。她开口应声的那一刹，已然隐隐就预知到一些事。与他有关的一些事。

她说了第一句话，竟滔滔不绝起来，令她自己都十分讶异。不知这是否是长久闭塞不与人交流的结果。她说，你根本不知你在对一个怎样的女子说话。然后，她一口气将自己的过往悉数诉尽，看着他瞠目结舌的样子，笑出声来。竟是那样清脆的声音。似依旧是六年前那个逆来顺受期许光照的纯真少女。

她甚至最后对他说：
你可知，我卖过身。

说完这一句话，叶惜之突然有些后悔。觉得自己甚是残忍，到底，他对她说了那么多温良的话，不应如此击溃他。却不料，他静定几秒，伸手一把抱过她。挣扎数秒，叶惜之终于一动不动。伏在他怀中，像个孩童。叶惜之唯一没有告诉顾晏生的是，她其实也曾有一段，只是那么一小段平静安稳的俗常生活。

那一夜，再无话。

六

离开上海的前一夜，她坐在储凉凛的家门口喝了一夜的酒。上海是她流离的第三个城市。也是她停留时间最长的城市。一共是三年。之前曾在深圳和广州。她也没有料到自己会在一个城市住这么久的时间。

味道。是因为上海的味道。所以，她一直没有离开。因为这是个充满希望却又异常绝望的城市，有一种内里空旷又苍凉的味道。繁盛表象之下，疮痍遍布。生活在上海，时间渐久，便会失却存在感。如此，叶惜之却觉得轻松和自由。

当她不是她。
当她不存在。

男人之于彼时的她，不过只是人肉旅馆。他们给她住处，提供随时崩塌的保护。她给他们身体，用来满足对方或真或假的爱意与情欲。大多都是有家室的男人，但彼此也都相安无事。她从未有家，只是需要一个近似于家的住处。所以，她不住旅馆，不租房，也不去工作的地方过夜。除此之外，她也不花男人的钱。做各种工作，用以维生。

如此两两相安亦无压力的相处，对大多数男人来说，都是再好不过的事。但是，她会随时离开。直到遇到那个在杂志社做编辑叫作储凉凛的男子。也是天赋，与生俱来的才能，叶惜之会写文章。

她曾花掉一月积蓄买了一台二手笔记本电脑。偶尔会在深夜无眠的时候打一些字，发一些痛彻心扉，见血见骨的文章在博客上。都是一些支离破碎却又逼真的故事。时间一久，竟也有一群固定来看的人。储凉凛即是其中一个。

他会固定在小说下面留言。起初是三言两语，后来是大段关于小说的话，最后便是与小说无关的其他。她曾因一时之兴回复他的留言，说过一次她住在哪儿。已不记得是因何而兴，但就是有了这样的一段机缘，他以后走近了她。

一日，叶惜之下班回到当时在某个公寓第16层的住处。电梯门打开之后，便见他站在门口。你好，我是储凉凛，你可是叶惜之，他说。这真是一个鲁莽的男人，着实令她反感。莫名出现在这里，自然不是她告诉他住处的目的。她不是歇斯底里的人，却还是被他的出现激怒。好在他有一副漂亮的皮囊。她便有了一丝的不忍，于是便应声点头。

正待她开口说话，他便将手中的杂志递给她。然后说，这是我主编的杂志，里面刊发了你网络上的小说，稿费在杂志里夹着的信封内。因为知你游离，不确定你是否依然在这里，便只能亲身来等。有幸，竟将你等到。她不知他因何如此执着，他原本依旧可以留言告之发表文章的事，再行联络。是，储凉凛执着的不是她的小说。

是写小说的她。

时至今日，叶惜之，依然确信，除了顾晏生，她不曾爱过任何人。对于储凉凛，她只有感激，知他对自己有恩。并无其他。至于，她最终搬离原来的住处，与储凉凛同居，亦不过只是将他当成寻常的一家人肉旅馆。绝然是无爱的。

她从不骄矜，知储凉凛爱慕自己，于是几次来往，便主动与他同居。只是带走了她自己那个从家带出来跟随她六年的破旧牛仔背包，这亦是她多年来辗转流离的唯一行李。如同往常，她与之前的男人，不告而别。去往下一个居所，储凉凛的家。

如若不是遇到他，叶惜之想，大约这一生都只能底层挣扎，抑或是逡巡酒池肉林声色犬马。是储凉凛告诉她，她可以做一个温常的女子，即便有黑暗往事与伤痛记忆，也是无碍。她可凭撰稿为生。这之于叶惜之来说，是再好不过的出路。她信他。

起初是不习惯的。叶惜之从未想过自己会有一日过上自己以为遥不可及的俗常生活。不用与牛鬼蛇神为伍，也有一份洁净至有些崇高意味的职业，然后照顾一个男人的日常起居。因为落差太大，叶惜之时常会在夜梦中惊醒，以为身旁的男人和那一些是幻觉。她觉得自己不是一个好运气的人。

储凉凛爱她。爱得甚为盲目。他拼了命地要帮助她，帮她发表所有的文字，她甚至因他出过一本书。她觉得自己不过只是一名身体褴褛的女子，生来就是带着毁灭气息的。一个卖过身的女人也可以出书，她总是如是自嘲。

是，谁也料不到，日光也会将她照耀。这一切的好，日积月累，在储凉凛的心中便筑起了一座城堡。他付出愈多，便愈想要困住她。他觉得，她要跟他一辈子，才抵得过自己对她的那些好。终于有一日，他开了口，说了那句吓走她的话。

他要娶她。

她起先是委婉说不可以，再三几次，便是断然拒绝。叶惜之除了自己已不信任何人。纵储凉凛对她有百般恩情，因为她不爱，所以她更加不能以嫁娶之事来报答。她不能。当人失却了对这烟尘俗世的相信之后，一切的欢喜静定都是浮云。失却相信，是莫大的人间悲剧。

最后，储凉凛终究在自己对叶惜之的盲爱之下变得面目全非。他是这样的用心待她，到头来，她却并不想跟他。男人有时，在深陷爱情之后，是更加迷惘脆弱的那一个。他终于变得偏执，然后暴烈。开始打她。

叶惜之记着他的恩，于是忍。她知自己欠储凉凛太多。多到也许这一世也偿还不清。她无法嫁他，也不离开，任由他打。这是他应得的，叶惜之总是想。她不想嫁，不能嫁。她亦知自己内心潮湿阴暗，过往不堪，是多么危险的女子，她亦运恶虽不至极，她以为自己与这个叫作储凉凛的干净的男人是不相配的。

叶惜之想，储凉凛这般清白的男子理应娶到更好的女人。自己不配。有时，叶惜之会想，如果不说娶，如是这般，大约或许可能，她也是可以与他过一世的。但他不依。储凉凛是寻常男子，他亦孤独并且缺乏安全感。他需要她的承诺，以婚姻的方式来保证。

所以，她也无法。

当叶惜之发现自己怀了储凉凛的孩子时，她终于知道，到了自己该走的时候了。她不是不愿将孩子生下，只是觉得，一旦如此，这个原本

温善的男人终究要毁在自己手里。她绝然不可这样做。于是，她私自将孩子打掉之后，选择离开，一如往常，不告而别。只是这一回，非是她内心所愿。

因着对于幸福的希望，人们需要走过痛苦的路。

叶惜之是如此。
储凉凛也是。

那一夜，叶惜之离开了上海。

七

高架桥过去了，
路口还有好多个。
这旅途不曲折，
一转眼就到了。

坐你开的车，
听你听的歌，
我们好快乐。

第一盏路灯开了，
你在想什么。
歌声好快乐，
那歌手结婚了。

叶惜之最爱的一首歌，《乘客》。火车快到北京时，列车广播里突然放起这首歌。她听着便觉心脏烈痛起来。这是她卖掉初夜的那晚听到的歌。也是她后来写小说的时候不断提及的一首歌。直到下火车之前，顾晏生都是一直拥着她。从未松手。

叶惜之忽觉，此刻的她与他，仿若两小无猜的孩童。因一言兴发感动，或心生怜悯。不管不顾就相拥。如是，她也便知，这个叫作顾晏生的男人定然是敏感细腻的多情之人。但无碍，她真真就愿意躲在他怀中坐定良久。是这样两个莫名相遇、莫名相拥的男女。

但叶惜之清醒。她不是那种着迷风花雪月的女子。这个男子给予她的，不过只是一段艳遇的斑斓颜色。并无其他，也不应有，叶惜之以为。所有的以为，都是执着，是虚妄之念。置放到现实里，必定灰飞烟灭，毫无意义。

不是你以为爱，就是爱。
你以为不应爱，就是不爱。

因着对于幸福的希望，人们需要走过痛苦的路。

好奇是一种标志。一种迷恋的标志。

叶惜之这一趟来北京，也只是为了散心。与储凉凛在一起的日子她积累下不少稿酬，也算是小有积蓄。足够支撑到下一笔稿酬到来。想到这里，她又一次怀念起储凉凛。这一生，是她负了他。非是她意愿，只是彼时，现世带给她的伤太重，尚未结痂，她也无法。

下车时，顾晏生似要与她说话，叶惜之只匆匆互留了手机号码，便转身钻入人群里，消失不见。人时常都会在不经意间留下蛛丝马迹让别人寻到你。给自己留一个出口，然后衍生出另一个途径，通往新天新地。而他们又是将线索交付得如此光明正大。

叶惜之在北京前后逗留了大约十日，竟先后与顾晏生见面七次。有时深夜，叶惜之想，顾晏生也不过只是储凉凛一般的温常男子。他甚至不如储凉凛七分好看，亦让她觉得他性情风流。她何以选择辜负储凉凛，却偶尔记挂这个路遇的生人。

他家境好，有高薪工作，交门当户对的女友。与曾经的储凉凛别无二致。只是储凉凛看着清冷，顾晏生却有一种热闹气在。如若说因他与她有相似之处令她同生懂得之心，大约也只有那一件事。她是辜负，他是被辜负。但这本身就有差别。

顾晏生离开上海那一夜也着实狼狈。否则，他大约也是不会选择一张慢车站票回北京的。他急于离开上海，一刻也等不得。有一些事是浮毒，击溃了他。他一时间便丧却了所有智慧，除了逃，别无他法。恐慌、饥饿、孤独、悲伤，诸般知觉刹那汹涌而至，将他挞伐。

那女孩，彻彻底底抛弃了他。除却爱，大约这世上也没有什么能将人自里而外地击毁、败坏。不是温柔，即是伤害。也不会太大差别。他恋过的女子已不是少数。上海女孩亦不过只是门当户对的那一些女子中极为寻常的一个。当然，他也会恋上一些看似与之并不相衬的女子。不相称，也只是说家世，与其他无涉。

往常的恋情，通常都以他放弃或者移情告终。他也会被浮华女子抛弃，并不介意。只是这一回，交往数月，她离开却是因为女子。顾晏生并非是喜欢这个上海女孩多于其他人。只是这一次的局面令他无措。又或者，因她，他险些再次陷入极危险的往事泥沼。

他原本是要给她惊喜。轻敲几次门无声响应，于是他掏出钥匙打开她家的门。似小兽蹑手蹑脚钻进，以为她在厨房或是做事没有听见，因为是晚上八点。没走几步却在靠近卧室的不远处，听到呼吸声。急促、凶猛。伴随着慌张的叫声。他也不是失了控，他似是受了惊的孩童。一失手，便将门猛地推到墙边。撞出一声巨响。

上海女孩与另一名短发女子赤裸交媾。如此。

后来，也是没有任何纠缠。她们起身穿衣，然后上海女孩说，对不起。这是我的爱人。她说的是爱人。即是说，他只是一个无法定论、角色尴尬的人。他在她心中甚至，甚至并没有身份。是，她是lesbian。坦诚、率真、果决。他亦不是难缠的人，原本亦对上海女孩没有深爱，于是也就洒然地转身离开。只是，他内心惊恐。

一则是那未曾遇过的局面。

二则他记起了记忆深处的某个人。

他与男人情同手足，平日里更是兄弟相称。原本是大学室友，住在上下铺。因甚为投机，于是感情深厚。也会时常同床共枕，细声夜聊。彼此除却一个热烈一个清冷的表象差异，骨子里却是惊人的相似。热爱的亦总是相似或者相同的东西。连暗恋的女生，也曾惊人的一致。

只是后来两两道破之后，竟都只相视一笑，也就过去了。因彼此说破的那一刻，竟忽觉，原来暗恋的女生果真不如眼下的兄弟重要。于是，也就只能笑。风轻云淡亦很有默契地将此事双双掠过。此后，再没有彼此倾吐过内心的男女情意。虽然也各自都经历了一些女子。

毕业那一日，他们也不知为何，半夜就搂在一起哭。许多兄弟都是如此，但他们不一样。这不一样的区别旁人决然不知。只有他与他内心知晓分明。是一些或明或暗令人惶恐、紧张、不安，极度危险的东西。却是那样繁艳靡丽，灼灼耀目，十分诱人。不知那时两人的刻意还是不小心，相对而枕，愈靠愈近，成就了一个沉默的吻。

却没人愿意将它称之为吻。

后来，因他是北京人，于是便留在北京。他去往了上海，再后来顾晏生只是听说那个他进了一家杂志社，做了主编，在文化圈颇有口碑和名气。但是毕业之后，两人再无联系。再无。似是根本没有谁想要联系谁。这决然不等同于一般的渐成陌路。他们之间，是突然，断掉的联系。是又一次的惊人默契。

如此。

只是这一些，顾晏生没有说给叶惜之听。是，那个他，是顾晏生不能言说的，对任何人都是如此。那是他心中永恒的秘密，一个结，却从未想过要去解。那是一段荼毒他却又可与之安稳相伴一世的往事。想起来，真的惊心，却依旧有一种温暖在。若是有一些东西，依旧如昨的话，顾晏生着实觉得害怕。

叶惜之与他见面的那几日，他始终都怀揣一颗幼童的心。对她依顺，讨好，并似有隐隐爱意流出。但一如常往，他尚知道与这女子相处的分寸。只是几次见面后，他终于开始有了好奇。好奇是一种标志，一种迷恋的标志。因为迷恋而急迫需要知道所有。是，他对叶惜之动了心，这亦是顾晏生可以预料到的事情。

经历过那么多女子，顾晏生清楚知道自己是怎样的人。一个轻易即会动心的人。只有与那个他，不一样。想到这里，顾晏生心似痉挛。有一种极尽窒息的痛感。

可是，叶惜之又何尝没有动心。她知道，从离开储凉凛之后，自己就已看到变化。那是一种遽急猛烈的却又着实隐蔽的变化。然后，顾晏生让带着伤口的她看到了这一种变化。至此，她亦知，自己过往重伤剧痛的那一些伤口已缓缓开始结痂，似是要在伤口里重新开出大朵大朵嚣艳的花。

离开北京的那一晚，叶惜之便知道：

自己还是会回来的。

八

离开北京之后，叶惜之又去了西安、长沙。

自从习惯撰稿为生之后，叶惜之的生活便清静许多。她亦珍重，因储凉凛而知，自己尚有可以示人的长处，亦可用来谋生，且可不再困苦。于是，她便十分勤奋。每日都会读，亦要写。即便是寥寥数语，亦在坚持。如是反复，她的小说愈来愈多，便渐渐有了名气。

在西安住了一年，因为热爱郑钧。在长沙住了一年，因为热爱岳麓山。期间，与顾晏生从未中断联络，却也只是嘘寒问暖，不提爱。但是这一年七月，他告诉她，自己又结束了一段恋情。

她问他作何打算，他在电话那头沉默不语，她亦不作声，等他来答。然后他说了一句，你来北京吧，跟我一起住。不过刹那，她竟流了泪，心里似是无声旷野，忽然着火。热烈异常。他正是她的那一点燎原星火。

爱如饮毒。

彼时她不是不知。是顾晏生助她重生的那一点希望火光，她不忍无睹。于是便重又有了信。这一回，他邀她去，于是她便去。她去往北京的那一夜，不时地想起老家的继母，那个少时待她亲好的女子，于是又想，自己大约果真不是一个运恶至极的人。遇到继母待她好，遇到储凉凛助她写字。而今，又有了顾晏生。

抵达北京后，他们同居。彼此什么也不多问，相敬如宾。她照顾他日常起居，心中温暖。偶尔会忆及与储凉凛的那段时光，着实相似，却又果真不同。因她心中对他眷念，有爱。

如是一月。

不过一月。

只是不知缘何，她竟在某个深夜，枕在他的臂上，说起了过往。那些不堪，他已粗略地在与她相识那夜听她蜷坐在火车过道里提及。只是这一夜，她说起了之前未曾提及的那个男人，储凉凛。

是，储凉凛。

顾晏生听得真真切切。彼时，尚同床拥枕，良言不止。转眼，却是与她沟壑永隔。事无预兆地坏极，她却不知。他突然松开了搂着她的手，然后慢慢抽出压在她颈下的臂，起身离开。她以为他是去盥洗，却不知，到天亮，顾晏生依旧未回。次日，当他红肿双眼回到家中时，推开门却只是对她说了一句：我们分手吧。

坐你开的车，
听你听的歌，
我不是不快乐。

白云苍白色，
蓝天灰蓝色，
我家快到了。

我是这部车，
第一个乘客，
我不是不快乐。

天空血红色，
星星银灰色，
你的爱人呢。

叶惜之，你的爱人呢？她自问。

世上，要与一个人相守一生，太难。

一切都是注定。

遇见温常的储凉凛时，她身患顽疾，不能爱。却又因储凉凛的蚀骨关怀，重知爱，只是此刻又不得已离开。待她心若幼兽，等爱来哺时，遇到的人却又是顾晏生。可以与之相伴一生的人，她没有爱。注定如烟花转瞬不能恒久的人，她却独自爱得死去活来。缘孽，孽缘。爱之圭臬，不过浮世烟云，终无定论。她知，这一回，她再也好不了了。

那一夜，所有路过的人都看见一个瘦骨嶙峋的苍凉女子蹲在一家24小时营业的便利店门口，恸哭。次日，她消失在了北京城。这是叶惜之第二次离开北京。但她知，这一次怕是再也回不来了。

九

一日。

顾晏生新结识的女友坐在家中的沙发上，翻看杂志。那一份杂志，她单单只是因为叶惜之的专栏，才期期必看。这一次，她一如常往，将杂志翻至那一页，然后读完叶惜之的小说。那一期叶惜之的小说叫，《爱是饮毒》。

她在小说最后写道：

晏生。我知，从来都知。
我之于你，只是一场意外。
你之于我，却是一场要了命的爱。

晏生。有那么一刻，女子惊了心，但也只是以为同名，不曾多想。叶惜之是她爱极的女作家。她绝然料不到，叶惜之的晏生与她的晏生是同一个。这件事，恐怕她至死都不会知道。

离开北京后的日子还算平顺。她的写作成就愈来愈大，她会时常在一些文章或者采访中提及一个男人，不是顾晏生，是储凉凛。她知道，能够用来倾谈示人的那一个，永远不会是最爱的那一个，而是她最亏欠的那一个。最爱的那一个只会带来痛，于是她从不能提及。

这一世大约也只能如此了。叶惜之想，对于储凉凛的好，她只能来生再报。她寄托在顾晏生身上的那些爱之梦想被击溃第二回后，就无法再愈了。

又一日。

顾晏生的女友发现忽然那份杂志很久没有发表过叶惜之的文章了，她以为是暂时的中断，一直等一直等，却终究是未曾再读到叶惜之的片语只言。彼时，他正在做饭，她趿着拖鞋，清越越走到厨房，悄悄走到他身后伸手环住他的腰，顾自说道："好久没有读到叶惜之的字了，不知道这女子是否安好。"

叶惜之那一次离开北京之后，回到了四川老家。一度经年。彼时，叶惜之恍然不知，离开北京，要去何处。又觉，今非昔比，天下虽大，却并无一处是可真正愿意将她收留的。

因储凉凛，她拾回了爱与生的信念，又因顾晏生，丢却了这信念。如是而已。只是天意尚在，天灾降世，却提点了她。四川老家地震惨绝，她看到新闻后，心酸不已。那一刻，叶惜之第一次怀念起家中的人。父亲，继母，那一对日渐苍老的人。

她念想时，脑中是闪过了"家"这个字眼的，只不过，这刹那的念想令她心痛难忍，如是多年，如是多年，如是多年。她未曾回去看过他们一面。这一回，她终于决定往回，走到心中最初崩塌的地方，探望。人啊，纵是颠沛流离再久，从哪里来的，终究还是要回到哪里去。无论那里，春风如沐还是寒风刺骨。

十

有时候，叶惜之会想，如果自己活得不是那么铿锵，会不会更快乐。回老家的时候，家里空无一人。听附近的人说，父亲去世的次日，继母跳了老家门前的那口枯井。叶惜之从不知，那女子是如此深爱这个粗糙简陋的男人，她的父亲。人生真是绝望又讽刺。

如此。这尘世，是否尚真有爱，还是她运恶，不能遇到。她不知。在空了的老屋里，叶惜之独自居住数日。不见天光，只是在想。想来生，想下世。她失踪前的那夜，曾用路边石子在老家门口的沙地上写下了一首顾城的诗，叫作《墓床》。字迹模糊，一阵风过，也就了无痕迹——

人时已尽，人世很长。
我在中间，应当休息。
走过的人说树枝低了。
走过的人说树枝在长。